転生先が
残念王子だった件
Tenseisaki ga Zannen Ouji datta ken
～今は腹筋1回もできないけど痩せて異世界救います～

ルーク

「ルル!?」
「ルー君、2日も目覚めないので、凄く心配しましたのよ……」
ルルティエ

「姫はとっても可愛いですよ」
「ルーク様、それは本当でございますか?」

ミーファ

イリス

『♪ イリスは、緊張しながら体を洗っているようです』
『覗かねぇ～てっ！』

「俺が隣国で噂の『オークプリンス』様だ！」
エミリア

転生先が
残念王子
だった件
Tenseisaki ga
Zannen Ouji datta ken
～今は腹筋1回もできないけど
痩せて異世界救います～
著 回復師
イラスト／蓮禾

Tenseisaki ga
Zannen Ouji datta ken

第1話 事故に遭う

一仕事終え、現在日本に向けて飛行機で帰路についているところだ。

嬉《うれ》しい事に、海外で大きな契約を無事に成功させたご褒美として、社長である叔父さんがビジネスクラスを予約してくれていた。

流石《さすが》高額なだけあって快適だ！

10時間ほどのフライトで、毎回海外出張の移動は結構退屈だったりするのだが、今回同じ便に乗っていた父娘《おやこ》の子供が俺に懐いてくれたので楽しい思い出になりそうだ。

搭乗した時は父親と会釈しただけだったのだが、5歳ぐらいの女の子が席を立って、俺をチラチラと気にして見ていたから、少し手品をしてみせたらすぐに懐いてくれたのだ。今はすっかり仲良くなって俺の膝の上に乗って折り紙で遊んでいる。

父親の方は申し訳なさそうにしていたが、俺は歳《とし》の離れた妹の子守りをやっていたので全然苦にならない……むしろ素直な可愛《かわい》い子は退屈凌《しの》ぎになって大歓迎だ。

鶴を折ってあげたら「そんなの簡単！」と言われてしまった……流石は現役の園児。

だがお嬢ちゃん、俺を甘く見ないでほしい。

跳ねるカエルを折ってあげたら、むっちゃ驚いて喜んでくれた。教えてあげると、失敗しつつも数回で覚えてしまった……子供の学習能力ハンパないね。

「カエル～♪　ピョンピョンピョン～♪」

謎のオリジナル鼻歌まで歌って超ご機嫌さんだ。

『当機はこれより徐々に高度を下げ、着陸態勢に入ります。席をお立ちのお客様はご自身のお席にお戻りください。お座席のテーブルや肘掛け、背もたれは元の位置に戻し、シートベルトをしっかりとお締めくださいませ』

機内アナウンスが流れた――

高度を下げる際に多少揺れるため、席を立っている人は着陸時に自分の席に戻る必要がある。

この子の父親が迎えに通路の奥からこっちに来ているのが見える。

「もうすぐ日本に着くようだから席に戻ろうね？」

「うん。お兄ちゃんまた会える？」

多分もう会う事はないだろう……意外と日本は広いからね。

「そうだね。縁があったらまた会えるよ……」

「うん！　またね～♪」

否定はしないが、嘘《うそ》は言いたくないので肯定もしない。大人らしい嫌な躱《かわ》し方だ。

その時、大きな爆発音がして、強い衝撃と共に機体の床に大きな穴が空いた！

『エッ!?』っと思った時には、空いた穴に吸い込まれるようにこの子の父親が機内から飛び出たのが見えた……耳にかかる気圧の変化と凄まじい風の轟音《ごうおん》が耳に痛い！

そして時が止まった――

何を言っているのか分からないだろうが、目の前が白黒になって止まったのだ。モノクロ写真の世界とでも表現したら少しはイメージが湧くだろうか？　膝の上で引きつった顔のまま俺にしがみついている幼女も静止状態で固まっている。あれほどの轟音も穴が空いて吹き荒れていた風も今は全くない。

まるで俺以外の時間が止まったようだ――

『はい。認識的にはそれで合っています』

「エッ⁉」

急な声に周りを見て声の主を探すが誰もいない……はっきり聞こえたのだが、幻聴か？

それに体を動かすのに強い負荷がかかる。

『こんにちは。幻聴ではありません。直接あなたの脳内に語りかけています。強い負荷がかかっているのは、思考速度に体が付いていかないからですね。無理をなさらないで体の力を抜いて、頭の中だけで会話するようにすると負担が少なくてすみますよ』

突然の声掛けに戸惑うが、可能性の幾つかを問いかけてみる。

『こんな感じかな……俺は死んだのでしょうか？　あなたは神様？　それとも閻魔《えんま》様？』

『はい、それで通じています。結構冷静ですね？　神という認識で正解ですが、あなたはまだ死んではいません』

『神様って本当にいたんだ……。「まだ」という事は、この後に死ぬのですか？』

多分死ぬんだろうな……神様に会って助けてもらったとか聞いたことないし。

『あなたのご想像通り、残念ながら先ほどの爆発が原因で乗員全てお亡くなりになります』

全てか……膝の上で俺にしがみついている幼女に視線を落とす――

まだこんなに小さいのに不憫《ふびん》な……。

『自分の命が終えようとしているのに、今日出会ったばかりの娘の心配ですか？』

『俺は若いながらも結構遊んでいますからね。今、死んだとしても十分満足かな。色々教えてくれた叔父さんに感謝です。でも、折り紙ひとつで喜んでいるようなこんな幼い子が若くして亡くなるのはちょっと可哀想《かわいそう》です……』

『そうですね。あなたもその子も人生まだこれからでしょう』

『あの、さっきの爆発は何だったのでしょうか？』

『乗客の１人が趣味で作り、日本の友人に見せて自慢しようとこっそり持ち込んだ爆発物が――まぁ、この際起こってしまった原因は今更どうしようもないですし……大事なのは今後の事です』

『確かにそうですが……』

この神様は、どうして時間を止めて俺に話しかけてきたのだろう？

俺が気付かないだけで、他の者にも同じように対処しているのかな？

『いいえ、私が干渉しているのはあなたにだけです。【時間停止】は神力を相当量使うので、あなたにのみ【思考加速】をかけています。ですので、正確に言うと周りが止まって見えているだけですね』

やはり俺の思考が読めるのか……時間を止めているのではなく、俺だけ思考を加速させている？　何のために？

『わざわざ俺だけにそういう対処をしているのは、何か理由があるのですよね？』

『はい。時間も限られていますので単刀直入に申します。私はこの世界の神ではありません。この世界とは違う異世界の管理神をしている者です。異世界とは言いましたが、この世界の……特に日本のラノベやアニメなどの世界観をモデルに創られた比較的新しい世界です』

うん？　異世界の管理神？　なんか話が怪しくなってきた――

『いえいえ！　怪しくないです！　この世界の神に正式に許可も得ています！　正規の勇者召喚です！』

『勇者召喚⁉　怪しさＭＡＸじゃないですか！』

勇者召喚とか、絶対碌《ろく》な事じゃない……何か危険な感じがする。

『うっ………………』

『うっ』っと言ってから、女神様は沈黙してしまった……やっぱ危険がありそうだ。

『あの？　時間がないのですよね？　女神様が黙っていたら話が進まないのですけど……』

『そうですね……あなたに私の治める世界に来ていただき、ダンジョン奥深くに封印している邪神を討伐、もしくは再封印してほしいのです』

『悪い王様とか、悪さをする竜とかじゃなく、相手は神なのですか⁉　そんなの絶対無理です！

俺、普通のサラリーマンですよ！』

『大丈夫です！　この世界全てをお創りになられた創主様がおっしゃっています。日本のオタクは凄《すご》いそうです。同じような危機に直面している似たような世界があるのですが、日本人のサラリーマンが大暴れしているそうです！　スキルを１つ与えただけで、その世界の主神のお尻をペンペンするぐらいの強者《つわもの》になっているみたいです』

何を言っているのか理解ができない。サラリーマンが神のお尻をペンペンした？　そんな世界、既に違う意味で終わっているのではないか？　正直そんなヤバそうな世界行きたくない。

それと、俺はオタクじゃない！

『違うのです！　あなたに行ってほしいのは、私の管理する世界です！　まだ終わっていません！』

『あの、女神様が直接退治した方が早いのではないでしょうか？　一度は封印しているのですよね？』

『詳しくは言えませんが、神は地上世界に直接関与できないのです。前回の封印も人間の手によってなされました。私は手助けしか行っていません。私より上位権限を持つ神々がそういうルールをお決めになっているとお考えください』

異世界の管理神より上位の存在？　この女神様もただの使い走りなのか。

少し考えたのだけど、俺の答えは――

『異世界行きはお断りします。ごめんなさい』

『エッ⁉　このままでは、あなたは死ぬのですよ？』

『ええ、それでいいです。高校を卒業してから叔父の経営する企業で8年、叔父さんのおかげで濃い人生を送らせてもらいました。身内扱いの酷《ひど》いブラック企業でしたが、それでも色々可愛がってくれて、結構楽しかったです』

最近仕事でお疲れ気味だった俺は、苦労しそうな勇者召喚に応じるより、このまま楽な死を選んだ。

『……困りました……予想外な選択です。そういう属性なはずなのに……何故《なぜ》？』

『属性？　ああ、確かに俺は異世界転移・転生モノ大好きです。でも、それは客観的に見ての話です。自分が当事者になって異世界の危機を救えとか……ましてや相手は神？　そんなのプレッシャーで胃に穴が空きそうです……一般人として転移とか転生で異世界ライフを楽しめるなら喜んで行きますけどね……。「邪神退治」とかいうヤバそうな条件付きなのはちょっとごめんなさいです』

『……そんなこと言わないで、邪神を倒してください！』

『嫌ですよ！　そんな危険でおっかない事をさせられるくらいなら、どうかこのまま死なせてください！』

本音を言えば、重責を担うのが嫌なのだ……。相手は邪神だそうだし、俺のミスで下手《へた》をしたら万単位、億単位で人が死んでしまいかねない。……考えただけで胃に穴が空きそうだ。

少しの間女神様の沈黙があったが、再度語りかけてきた。

『では、異世界の邪神退治ではなく、今現在起こっている話をいたしましょう。確率論的なお話なのですが……この飛行機の搭乗者の中で、助かる可能性のある者が1人だけいます……』

『うん？　まさか……』

『ええ、今あなたの膝の上で縋《すが》っているその子です。正確な未来予知はできませんが、確率的予測で、ある程度事象の未来が推測可能です。あなたが私の指示通り行動できれば、その子だけは助かる可能性があります』

　これは一種の脅迫に近い。この子の命を救う代わりに、勇者召喚に応じろと遠回しに言っているようなものだ。

『そのような事は言いません。私はこれでも慈愛の女神と崇《あが》められているのですよ』

『じゃあ、この子を無条件で助けてくれるのですか？　でも、女神様は俺が断る事を予測できていなかったし……また外れるんじゃないですか？』

『うっ……神の予測がそう外れるわけがありません！　あなたが特別なだけです……本来その娘《こ》は死ぬ運命です。異世界の神が勝手にこちらの世界に関与して助言するわけにはいかないので、この世界の神に何か相応の対価が必要です』

　何の事かさっぱりだが、干渉するにあたってこの世界の神と交渉が要るようだ。

『さっきこの子の父親が穴から吸い出されたのが見えました。助かっても身寄りがないとかだと不幸なのじゃないでしょうか？』

『その子の母親と姉が飛行場に迎えに来ています。祖父母も健在ですし、父親は生命保険の加入もしています。預金もそれなりの額があるようですので、その子の未来が不幸になる可能性は低いでしょう。むしろ唯一助かった存在として有名になり、以降好意的に見られはしても悪い印象は持たれないと思います。メディアでは「幸運の少女」として注目されることでしょう』

ビジネスクラスに乗っているぐらいだ……裕福層なのかもしれない。

お金さえあれば幸せとか、そんなアホな事は言わないが、お金に不自由しない環境というのはかなり幸せな事だと思う……。その潤沢なお金をどう使うかによって、得られる幸福も増すことだろう。

お金は幸福と同時に不幸も招き入れるもろ刃の剣でもあるけどね。

『俺が何かして助かるのなら、この子を助けてあげてほしいです……』

『分かりました。あなたの願いを叶《かな》えましょう』

なんか今のセリフは神っぽかったな……。

『――――ふぅ……100人分の神力でこの世界の神と話がつきました……その娘は自分の世界の住人なのに、がめついお方です……』

自分の世界の者じゃないのに、対価まで払って助けてくれる？　どう考えても、俺に対しての打算ありきの行動だよね？

『打算なんかないですよ。少しは期待しますけど……』

『それを打算っていうんだけど……まぁ、いいです。確認ですが、俺を勇者として選んだのには理由があるのですよね？』

『勿論《もちろん》です。勇者召喚にはこちらとあちらの時期や時間軸、転生先の状況などのタイミングが大事なので、上手《うま》く調整するのは大変なのです。あなたが受けてくださらないと、次の候補者が見つかるまでに、邪神が復活してしまうかもしれません……。今なら10年の猶予があるのです。それまでにゆっくりと強くなっていただければいいのですよ』

10年の猶予か……すぐになんとかしろっていうわけではない分、マシなのかな？

『実質この子と遊んだのは４、５時間ほどですが、助かる命なら助けてあげたい。あなたがこの子を助けるために対価を払ったというのなら、俺のお願いなので、俺も対価を払います。勇者召喚に応じますので、サポートはお願いしますね？　お約束的に凄い武器やスキルをくれたりするのでしょうか？』

『はい！　それは勿論です！　お決まりの勇者召喚チート３点セットは勿論お付けします！』

『チート３点セット？』

『鑑定・探索・亜空間倉庫ですよね？　西洋人だと強化したロングソード１本与えれば「ヒャッハー」してくれるけど、日本人だと初期装備にこの３つのスキルがないと絶対ごねられると創主様がおっしゃっていました』

確かに陽気なアメリカ人だとあり得そうな事だけど、ロングソード１本で邪神相手に『ヒャッハー』したら間違いなくすぐ死んじゃうよ？

『創主様とやら、分かってらっしゃる。ええ、それらは鉄板です！　鑑定ができるスキルと周辺の地図や魔獣・宝箱などの在《あ》り処《か》が分かるスキル、そしてなんでも無制限に入るかばんや収納ポーチ的な物は絶対必要です。あと、チュートリアル的なＡＩナビも欲しいですね。ゲームでよくある妖精的な喋《しゃべ》ってナビしてくれるヤツです。ご存知《ぞんじ》でしょうか？』

『少しお待ちください――フムフム……確かにＭＭＯとかによく使われている仕様のモノですね。了承しました。あなたがやっていたゲームのＭＭＯでは、ステータスを弄《いじ》る課金アイテムがよく売れているようでしたので、ＡＩナビと一緒に【カスタマイズ】というスキルを特別にお付けいたしますね……あっ！　そろそろ、この世界の神にいただいた時間が少なくなってきましたね……これ以上は脳に負担が大きいので、手短にご説明いたしますね。手順通り行動していただければ、その娘は高確率で助かります。その確率なんと89％です』

どうやら、異世界の神様が干渉できる時間は残り僅《わず》かなようだ。長時間の【思考加速】は俺の脳への負担が大きいらしい。女神様に膝の上の少女が助かる可能性がある手順を残り時間一杯に教えてもらった。なんと計算上89％の高確率で助かるらしい……失敗したら俺がどんくさいという事だ。

『分かりました。向こうの世界の事についても聞きたかったのですが、時間がないのであれば仕方ないですね』

『慌ただしくて申し訳ありません。では、異世界転生に了承していただいたので、あなたの死亡と同時に記憶と魂の転生を開始いたします』

『エッ⁉　「記憶と魂」？　召喚じゃなくて転生？　死亡と同時にって？』

俺の質問への返答はなく、止まっていた時間が動き出し、世界に音と色が戻った。

「『キャー！』」

添乗員の悲鳴や、乗客の怒号、風の吹き荒れる音が凄《すさ》まじい。

俺は女神に教わった通りの手順を急いで行う。

１、穴の空いた機体をスマホで動画撮影する
２、飛行場に迎えに来てくれている妹の携帯にこの動画を添付してメール送信
３、妹にコールして、用件を伝える

『もしもしお兄ちゃん？　もう少ししたら着くね？　心配しなくてもちゃんと迎えに来てるよ』

周りの音がうるさく、受話音量を最大にしたけど聞き取りにくい。

「悪いけど今すぐこの会話を録音してくれ！　時間がないから、黙って指示に従ってくれ！」

『ピッ』という音が微《かす》かに聞こえた。

『録音の開始したよ？　どうしたの？　珍しく慌てた声出して？　ちょっと声がいつもと違って怖いよ？』

「本当に時間がないから一方的に喋るぞ……この飛行機はもうすぐ墜落する。俺の貯金や死亡時の保険金は全部お前にやる！　ギャンブル好きな親父《おやじ》には絶対渡すなよ！　お前が時々お小遣いとしてあげる程度でいい！　親父、最後の遺言だ……俺の遺産に手出ししたら化けて出るからな！　母ちゃん、先に死んでゴメン！　叔父さん、色々お世話になりました！」

『お兄ちゃん、何言ってるの？　冗談でも度が過ぎるよ？』

何か言っているが、周りの音でよく聞き取れない……。

「今から女の子を1人助けるので、このスマホの位置情報を追跡してほしい！　俺は助からないだろうけど、この子は絶対助けるので、できるだけ早く救助に来てあげてほしい！」

『お兄ちゃん？』

「悪い……風の音が凄くてあまり聞き取れない……詳しい事故の原因は分からないけど、何かが爆発したみたいで、機体に大きな穴が空いているんだ！　爆発時に何人かその穴から吸い出されて落ちた！　時間がないので、もう切るな！　お前に信じてもらえるように、短いけど動画をメールで送ったから見てくれ！　…………最後にお前の声が聞けて良かったよ……じゃあな！」

さて、一方的に喋って切ったが……ここからは正直俺も半信半疑だ。

だってパラシュートなしで飛行機から飛び降りろって女神様は言うんだよ？

マジないわ～。

女神様の情報では、信じられない事に高度3000m以上の上空から落ちて助かった人が記録上40人ほどいるのだそうだ。助かった人の共通点は子供や、体重の軽い人が多いらしい。あと、何かの上に偶然乗っかった人が助かる可能性があるそうだ。

今現在エンジンは動いていて、ゆっくり高度を下げているが、この機体は飛行場まで持たず、目前で爆散するのだそうだ。そうなったら、全員死亡になるらしい……。だからその前に飛び降りろと女神様は言うのだ。

だが、普通に飛び降りたのでは絶対助からない……トマトのようにグシャッとなるだけだ。

4、旅行用ソーイングセットを出して、服に薄いベッドマットをしっかり縫い付ける
5、俺と子供の間に低反発枕を3個並べて、子供をしっかりと俺に括《くく》り付ける

俺が行うのは、この子を抱えて機体の爆発直前に空いた穴からダイブして、海面に背から衝突するのが役目だそうだ。この子と俺の体の間には低反発枕を3個挟んでいる。機内に寝具として低反発枕と高反発枕が常備されていたので、それを利用する。少しでも衝撃を吸収するためだが、こんなもので大丈夫なのか不安だ。

先に女神様に言われた事は……俺は絶対助からないということ。

なんでも、高度から落下した場合、水面はアスファルト並みに硬いものになるのだそうだ。つまり俺は高層ビルから落ちたトマトやスイカのようになるようだ……この子を助けるための肉壁になるわけだね。

あくまで俺が完璧に行った場合だけこの子は助かるようだけど、こんなのでマジ大丈夫なのか？

準備はできた。

ここまでで一番苦労したのが、父親を探して泣き叫ぶ彼女を説得して、色々準備させることだった。ライフジャケットを着せたり、枕を挟んで俺の体と括り付けたりだね。

時間が少なかったのでベッドマットを縫うのが雑になったが、風圧で切れて解けたりしないだろうか……。

酸素マスクを付けろと指示があったのだが、無視してあちこち行動する俺に、座れとたしなめてくるキャビンアテンダント（以降ＣＡ）も厄介だった。今も俺に括り付けている子供を解放してシートベルトをさせようと説得してくる。

でも、それだとこの子が死んじゃうんだよね……女神様の言う事だから間違いないでしょう。ＣＡのあなたの行動はマニュアルに則《のっと》っていえば正しいのだけど……ごめんなさい。この子のために無視させてもらいます。彼女も俺だけにかまってられない状況なので、俺が大人しく席についてると他の対応をしに離れていった。

６、燃料の排出確認

女神様の指示通りに窓から翼を眺める。主翼の下から液体が流れ始めたのを確認して席を立つ。今回のように何らかの影響で車輪が出なくなったりした場合は、胴体着陸に備えて、着陸態勢に入ったらジェット燃料を抜くのだそうだが、今回はそれがあだになって燃料に引火し爆発するようだ。女神様が教えてくれたのだが、車輪が出ない原因は、爆発時に穴が空いた場所で電気系統がスパークしてしまっているのだそうだ。爆発の原因もこのスパークによるものだとか……その事を俺がどう伝えてみても、神の予測演算では、周囲の人は聞き入れてくれる見込みはないとのこと。

まぁ、素人の意見なんか機長が聞くわけないよね……。

急降下地点まであと30秒しかないので、穴の近くに移動する。

「あなた何をするの！　恐怖でおかしくなったの!?　そんな馬鹿な事して空を飛べると思っているのですか！　子供まで巻き込まないで！　飛び降りるのなら自分だけで行きなさいよ！」

CAさんの言葉が荒くなってきた……。

「これまで無視してごめんなさい。あなたは最後まで立派でした」

CAさんに精一杯の敬意を表するが、彼女の眼《め》はあからさまに狂人を見るような目をしている。

この子が俺の事を全面的に信じてくれているのが救いだ。ここで嫌だと抵抗されてしまったらどうする事もできなくなっていただろう。何時間か遊んで仲良くなっていたおかげだね。

「お兄ちゃん、怖いよ～」

「大丈夫だ。俺を信じて目を瞑《つぶ》っていればいい。きっとお母さんの下に生きて返してあげるからね」

７、妹に『現在、空港の沖約５㎞』とメールを送信。スマホはこの子のライフジャケット内に仕舞い込む

先に送った動画を見たのだろう……妹からのメールやコールが何件も入っていた。心配させて

いるだろうけど、見る暇もないのでこちらの用件だけ打って送信する。

妹にメールを送っているのは、落下後に俺が死んだら連絡ができないので、少しでも早くこの子を海水から救出するためなのだ。今が5月とはいえ、長時間海水に浸《つ》かるにはまだ寒い。スマホの位置情報でできるだけ早く駆けつけてもらうための仕込みなのだ。

最後までCAさんは俺から子供を引き剥がそうと説得していたが、腕力的に無理だと悟ったのか周囲の男性に声を掛け始めた。

でも、女神様から事前にそういう情報を聞いているから、こうなる事も織り込み済みなんだよね……ごめんなさい。

男性がこちらにくる直前に穴から飛び降りた――

「「ギャー！」」

パラシュートなしでのスカイダイビング……怖くないわけがない！

「モモンガー‼」

急速に迫りくる海面だが、恐怖に耐えて必死に両手両足を広げてモモンガのように滑空する。

ベッドマットで作った即席ウイングスーツだが、垂直落下と比べたら格段に速度が落ちた。

飛び降りてから僅《わず》か数十秒で海面に到達する。ギリギリまで滑空姿勢を維持し、激突直前に反転し体を入れ替え、水面を切るように腕から背向きに突入する。

俺は腕と首が折れたのを感じ意識を失った――

第2話　召喚や転移ではなく、記憶と魂の転生のようです

一瞬激痛が走り間違いなく死んだと思ったのだが……何故だか未《いま》だに顔に強い風を受け浮遊感がする。

『♪《チロリーン》　マスター！　起きて！』

女神様の時と同じように、耳からではなく直接頭に『チロリーン』と鈴の音が鳴ったような気がした後に可愛い声が響き、びっくりして目を開けると、俺は未だに空中にいてどんどん地面が迫ってきていた！

「モモンガー‼」

咄嗟《とっさ》に両手両足を広げ滑空姿勢を取ったのだが、縫い付けてあったはずのベッドマットがない！

「俺のウイングスーツどこいった⁉」

『♪　「モモンガー‼」じゃなくて！　魔法！　早く魔法を！　何、寝ぼけているのですか！』

「『寝ぼけている？』ってなんでまたパラシュートなしで俺は空飛んでるの⁉」

そう言っている間にもどんどん地上が迫ってきている。

「飛べ！　飛行魔法発動！　魔法の箒！　魔法の絨毯！」

『♪　何を言っているのです！　【フロート】です！　早く！』

「【フロート】！」

あっ！　発動した！　けど止まらない！

「止まれ！　【フロート】！　【フロート】！　女神様冗談じゃないよ！」

『♪　マスター、慣性の法則です』

なに冷静に物理法則の事なんか言ってるの！　てか、この可愛い声の人誰！

もうダメだ！　ゆっくり速度は落ちているが、もう数秒で地面にぶつかるだろう。

あと数メートルという地点で背後から何かに鷲掴《わしづか》みにされ放り上げられた！

俺を掴んで投げたのは竜だ！　ドラゴンだ！

だが、その竜は俺の代わりに地面に激突してしまった。

竜が放り上げてくれたのだが、それでも止まりきれず間もなく俺もその竜の上に衝突する……。

【フロート】と竜の投げ上げで速度はかなり落ちたが、完全には速度を殺しきれなかったようで、両足がぽっきりと折れた。

竜は口から血を吐き、俺と目が合って何度か尻尾を振ったが、間もなく力を失って横たわってしまった。

竜が横たわったのを見届けた直後、俺も意識を失った。

＊　＊　＊

不意に体の痛みで目が覚める――

「アタタッ……どうなったんだ？」

どうやら俺はベッドに寝ているようだ……どこだろ？

体の痛みは骨折のものではないようだ。折れた足は何故だか治っている。

この痛みは筋肉痛に近い。落下時の筋拘縮によるものかもしれない……所謂《いわゆる》むち打ちのようなものかな。

体を起こそうとするが起き上がれない。

両手を使って体を起こし、周囲を見回す。知らない部屋だが、高級そうな家具や調度品が一杯だ。ヨーロッパのアンティークな品物に似ている。

これは転生に成功したと考えていいのかな？　赤ちゃんではないようで安心した……邪神復活まで10年の猶予があるとか言っていたけど、俺自身が０歳児からのスタートでは絶対討伐なんか不可能だろう。

周囲を見渡し、家具などからそれなりのお金持ちかなと想像する。

時間がなかったとはいえ、ある程度こちらの世界の情報が欲しかったな……。

家具の中に姿見のような鏡があったので、ベッドから出て自身を映してみる……容姿は気になるからね。

鏡を見た瞬間脳が焼き切れるような激痛が走る！　どうやらこの体の持ち主だった人の記憶が俺の記憶と融合されているようだ。

そうなのだ……鏡に映っていたのは太った色白なぽっちゃりさんだった。いや言い直そう……豚だ！　太った豚だ！　さっきベッドから起き上がれなかったのは、太っていたせいだ！　腹筋が1回もできないほど太っていたからだ！

この腹筋すらできない体でどうやって邪神を倒せと？　女神様聞いてないよ！

記憶が流れ込んでくる激痛で、その場に倒れてしまう――

俺の記憶が彼に流れ込んでいるのか、彼の記憶が俺に流れ込んでくるのかよく分からないが、2人分の記憶が脳を侵食しているような不思議な感覚だ。

「今、部屋の中で音がしなかったか？」

「したな……目覚めたのかな？」

扉が開かれ、誰かが入ってきた。

「アッ！　ルーク様が倒れているぞ！　大丈夫ですか⁉」

どうやら、俺はルークという名前のようだ……。召喚や転移ではなく、新規の転生でもないみたいだ。そう言えば、女神様が『記憶と魂の転生』とか言っていたね……実在している人物への記憶の転生……色々面倒そうだ。

「人を呼べ！　国王様にもお知らせするのだ！」

ベッドまで介助してもらい移動したが、そこでまた意識が遠のいていった――

「ルーク！　いい加減起きぬか！　いつまで寝ているのだ！　このバカ息子が！」

軽く頬を叩《たた》かれて、覚醒する。

ボーッとした状態だが、俺の頬をペチペチしているのが父親だというのは分かる。

どうやらさっきの頭の痛みは、母体となるルーク君と俺の記憶が融合されるにあたって起きた弊害みたいだ。

さっきは知らない部屋だと思ったが、ここはルーク君の自室だと今ではちゃんと理解できる。

「どうした⁉　俺が分からないのか？」

「お父様、ですよね？　頭を強く打って、ちょっと記憶が混濁しているようですが、大丈夫です」

「怪我《けが》は回復魔法で治してある……このバカ者が！」

ゴツンッ！

拳骨《げんこつ》で頭をぶたれた……アッ！　ヤバッ！　なんか死にそう！

俺は慌てて【クリスタルプレート】を呼び出そうとしたが、呼び出せない……何で？

手首に腕輪が付けられている……。

本来この腕輪は囚人や奴隷が付ける物で、魔法を発動できなくする魔道具の一種だ。手錠のように両手を後ろで拘束する事もできるのだが、この腕輪には鎖は付いていない。俺の魔法を制限するために付けたのだ。【クリスタルプレート】が呼び出せないのもこれが原因だな……以前に悪さをした時は、鎖も付けられて拘束されていたっけ。

俺……というより、この転生先のルーク君……この国では超有名な悪童だ。悪童と言っても犯

罪になるほどの事はしていない……。良い事もしているのだが、人は当然悪さばかりに注目して噂《うわさ》を広める。

なぜルーク君がこれほど有名なのか……。目の前にいる父親がこの国の国王だからだ。

俺は大国の第三王子に転生したみたいだ……。王の子供……必然的に注目が集まる。

ルーク君は悪戯《いたずら》ばかりして勉強は全くしていない……この国の貴族界では超有名なバカ王子なのだ。

あだ名は『オークプリンス』。醜く太った彼をまんま表現した上手いあだ名だね。対象が俺自身じゃなかったらそう思えるのだけど……ハァ……溜息《ためいき》しか出ないや。

女神様酷いよ！　色々噂が酷すぎて、この国で『ルーク』として生きていくのはきついです！

ルーク君自身の意識はない……あの落下事故で彼の魂は死んだのだろう。おそらく女神様は亡くなったルーク君の体に俺の記憶と魂を転移したのだと思う。

皆が喋っている言葉が分かるのはルーク君の記憶があるからなのかな？

「何を呆《ほう》けている！　反省しているのか！　ちょっと小突いたくらいで大げさに痛がるな！」

いえいえ！　俺、死にかけています！

ここは素直に謝っておこう。下手に刺激してまたぶたれたらマジで死にそうだ。

「ごめんなさい……あの……この【魔封じの腕輪】は？」

「お前が逃げないようにだ！　毎回悪さをして反省もせず逃げるからだろうが！　今回は許さんぞ！」

おっしゃる通りなのですが……『それ俺じゃないです！』と言えないのが辛い。

そういえば、あの竜はどうなったんだろう？　気を失うように横たわったから凄く心配だ。

あの竜はルーク君が卵の頃から魔力を注いで、生まれてからも随分可愛がっていた騎竜だ。竜も凄く懐いていて、今回も危険を顧みず身を挺《てい》してルーク君を守ったほどだ。

「お父様、俺の騎竜はどうなったのでしょう？」

俺から目を逸《そ》らして言いにくそうに答えてくれた……。

「お、俺が駆けつけた時には既に死んでいた。バカなお前を庇《かば》って……優秀なドレイクだったのに……」

あれ？　涙が……。

「フンッ……バカなお前でも、あれほど可愛がっていた従魔が死んだら流石に悲しいか？」

この涙はルーク君の感情か？　俺自身にとって竜との接触はあの一回だけだ。記憶に影響されるのか……少し厄介だな。

瀕死《ひんし》状態にも拘《かかわ》らず、最後にこっちを見て尻尾を振っていた竜を思い出す……更に涙が溢《あふ》れてきた。

「お父様……暫《しばら》く1人にしてください……グスッ……」

「今更悔やんでも遅い！　自分のやった事を思い出せ！」

父様は腹立たしげに皆を連れて部屋から出て行った。

父様は『自分のやった事を思い出せ！』と怒っていたが……なるほど……ルーク君はやっては

いけない事をやっていた。

＊　＊　＊

ふぅ……記憶からくる感情がやっと落ち着いた。

俺はルーク本人ではないので、酷く消沈する事はなさそうで安心した。ご飯が喉を通らないほど感化されては堪《たま》らないからね。もうこの体は俺のものだし、邪神討伐という女神様と約束した大事な使命もある。いつまでも悲観に暮れてのんびりしていたら、復活した邪神にこの世界はめちゃくちゃにされてしまう。

１人になった事だし、今後のために少し記憶の確認と整理を今のうちにしておいた方が良いだろう。

名前はルーク・Ａ・ヴォルグ（15歳）。身長１７０㎝・体重１３５㎏のおデブちゃんだ。

髪はシルバーブルーの銀髪で、城を出ないのも原因だが肌はかなり色白だ。

ルーク君はこの春から竜騎士学校に通っていたのだが、竜を操ること以外は同期の中で最低の成績保持者だ。

ルーク君のお父さんはこの国の国王であると同時に、五指に入るほど強い竜騎士だ。

お父さんも王子時分には竜騎士学校に通っていて首席で卒業しているそうだ。王になってからはあまり竜に乗らなくなったが、竜騎士学校卒業後に竜騎士隊に入隊し、王位を継承する頃には将軍にまでなっていた猛者だ。

竜騎士学校は厳しい入学条件があるので一般人はあまりいない。バカでも一応ルーク君はエリート組だ。

竜騎士学校には竜を所持していて、竜が騎乗を認めている者しか入学できないから、必然的に絶対数が少なくなる。

竜といっても騎乗する竜は竜種の中では最弱の『ドレイク』という種なのだが、それでも体高5mほどもある巨体だ。竜種には何種かいるのだが、騎乗用として運用されているのはドレイクが一番多い。ルーク君が乗っていたのもこのドレイクだ。

強さで順位をつけるなら、神竜・古竜・火竜や水竜などの属性竜、ヒュドラなどの亜種竜、ドレイクとなる。他にもまだいろんな種がいるようだが、ルーク君の記憶からはこれ以上詳しく分からなかった。

野生の成竜は人に懐かず、人間を餌と認識して襲ってくる危険な魔獣だ。

騎竜を手に入れる手段は2通りある。

普通は卵の段階で巣穴から盗んできて、騎乗者となる者が毎日餌となる魔力を流し成長させ孵《ふ》化《か》させる。与えた魔力量が生まれてくるドレイクの強さに影響するため、皆、必死で孵化するまで魔力を送り込み続ける。

ルーク君もこの方法で騎竜を手に入れて従魔契約したくちだ。

もう1つは【従魔召喚】という儀式で運良くドレイクが召喚された場合だ。

極稀《ごくまれ》にドレイク以上の翼竜が召喚される事もあるそうだが、ドレイクですらかなりのレアなので、召喚での入手の事例はあまりないそうだ。

ルーク君はバカで有名だが、本来知能も高いし、魔力量も多く、基本スペックは王家の血筋だけあってかなり凄い。毎日膨大な魔力を送り続けた結果、他を寄せ付けないほどのハイスペックな幼竜が生まれた。そして生まれた竜は当然良質な魔力を持つルーク君と従魔契約を結び従魔となった。ルーク君は元々動物好きで凄く懐いた竜を大層可愛がっていた。

従魔になって５年……悲しくないわけがないのだ。

で、そのパートナーを亡くす事件がなぜ起きたか。

その日は竜騎士学校の中間試験の最終日……騎乗の実技試験中だった。

竜騎士学校の実技の日には、現在活躍している竜騎士隊の中から何人か派遣されてきて教師とともに事故が起きないようにサポートしてくれる。

この日は実技試験という事もあって、観覧視察で父親が来ていた。

騎竜隊は国の中でも最大戦力になるためこまめに視察が入るのだ。機動力・攻撃力は他の騎士隊を圧倒するので仕方がない事だ。

この日、父親に良いところを見せようとしたバカなルーク君は絶対やってはいけない『竜の視覚外である後ろに立つ』という愚行を犯してしまったのだ。

試験中の編隊飛行時に、決められたコースを無視してアクロバット飛行をしようと無茶な宙返りを行って仲間の竜の後ろに入ってしまったのだ。

後ろに立ってはいけない理由……急に視覚外に入られた竜は反射的に尻尾を振るって攻撃する習性があるからだ。

本来竜に死角は少ない。目は人と違ってややサイドに位置しているため馬の視野に近く、350度カバーできるのだ。真後ろ以外ほぼ見渡せるので、唯一の死角である真後ろに立たれるのを嫌うのだ。

竜騎士なら絶対しない事をやったルーク君は例に漏れず尻尾で思いっ切り叩かれ、あの落下事故に至ったわけだ。

今にして思えば、あの尻尾で叩かれた時点でルーク君は即死して俺の転生が行われたのだろう。

竜の尻尾の一撃はそれほど強烈なのだ。

うん？　と、いう事は……あの時の声は例の女神様が与えてくれると約束したチュートリアル的なＡＩさんなのかな？

飛行機で聞いた女神様の声より可愛いアニメ声をしていた。

今はこの【魔封じの腕輪】のせいか声も聞けないし、呼び出す事もできないみたいだ。

そういえば、飛行機で俺が守ったあの娘はちゃんと助かったのかな？

＊　＊　＊

命懸けで助けようとした少女の生存も気になるけど、先に重要案件ができた。

トイレに行こう！

尿意を感じたのでトイレに行こうと自室の扉を開けたら、衛兵がいて止められた。

「ルーク様、どこに行かれるのですか？　お部屋にお戻りください……国王様から自室謹慎が厳命されています」

俺が逃げないように監視を付けているようだ。しかも2名も……人材の無駄遣いだね。

「おしっこに行きたくなった。あ〜なんだか、うんちもしたくなってきた……」

「トイレなら仕方がないですね。同行いたします」

「ゆっくりしたいのだけど……逃げないから、1人にしてくれない？」

「そう言って、前に一度逃げられて、私は怒られてしまった事がありますからね……」

そうだったっけ？

ルーク君は悪戯した後、予想以上に大事《おおごと》になったりした場合、怒られるのが嫌で家出した経験が何度もあるのだ。最長で1週間の家出経験者だ。一般家庭と違い、王子の家出は特異行方不明者扱いとし、誘拐も踏まえての事件案件でかなりの人を割いて捜索されたらしい。当然悪戯として怒られた方が良かったぐらいに大目玉をくらうのは言うまでもない。

逃げてどこにいたか……宿屋や雑貨屋、教会、一般家庭の民家など、さらに長期の時は娼婦のところにまで厄介になっていた。子供のくせに金を握らせとけば何とかなる事を知っていたのだ。頼るほどの友人がいないのでそういう場所なんだけどね。

「分かったよ……覗《のぞ》くなよ？」

「はぁ……（誰が覗くかよクソ豚が）」

ボソッと何か聞こえた……。

王子に対する暴言……本来重罰ものだが、今、父様をこれ以上刺激するのは非常にまずい。聞こえなかった事にしておこう……。

トイレは1階だ。どんな大きな城やお屋敷でも上の階にトイレはない。理由はこの世界のトイレがぼっとんトイレだからだ。地面に穴を掘って大きな樽《たる》を置き、それを塞ぐように板を敷いて肩幅程度の隙間を開け、そこにまたがって用を足すのだ。昔は日本もそうだったよね。そして糞《ふん》尿《にょう》が溜《た》まったら定期的に専門業者に依頼して汲《く》み取ってもらう。汲み出した糞尿は業者が肥料として加工し、農家に安く販売するようになっている。

トイレへの移動中に、侍女や執事数名とすれ違ったのだが、軽く頭を下げる礼はとるものの、侮蔑に満ちた視線を向けられた。うわぁ～、ルーク君、むっちゃ嫌われてる！　特に侍女たちからはGを見るような目で見られている。

何故か……はい、ルーク君また色々やっていました！

普通、王子様相手なら媚《こび》を売って取り入ろうとする。お手付きにでもなれば玉の輿《こし》だ。だが、『オークプリンスだけは嫌っ！』ってのがこのお城に務める侍女たちの共通認識のようだ。着替えやお風呂場の覗きなんかは当たり前のように行い、その他にもお風呂を冷水にしたり、折角洗った洗濯物を汚したりと、ありとあらゆる悪戯を頻繁にやっていたのだ……嫌われて当然だね。

戸板にうんち座りで跨《また》いだのだが、太っている俺には結構な重労働だ。そして何より臭い！

洋式便座の水洗式トイレを早急に開発しようと決心した。

トイレに入って気付いたのだが、驚いたことに毛がない……陰毛どころか、スネ毛やワキ毛、手に産毛とかも一切ない。髪の毛やまつ毛・眉毛・鼻毛などはあるのだけど、それ以外はどこもスベスベ肌だ。他の者がどうなのか後で確認しよう……俺だけならちょっと恥ずかしいしね。

用を足しながら、すぐ扉の外に控えている衛兵に気になることを尋ねてみた。

「ねぇ、俺はどれぐらい気を失っていたの？　当て布をしているって事は、失禁してしまうぐらいの長時間寝ていたのだよね？」

おむつ代わりに、腰回りに布を巻かれていたのだ……昔は日本も紙パンツがなかった頃はこんなだった。

「約１日半です。今、食事を料理長が作ってくれていますので、でき次第部屋にお持ちする事になっています」

「そういわれれば凄くお腹《なか》が空《す》いているな。えへへ、楽しみだ」

ボソッと「クソ豚」とまた衛兵が発したのが聞こえてきた。

腹立たしいが事実なので、聞こえなかった事にしておこう。咎《とが》めて騒いで、また父様に殴られたら嫌だしね。臭いが立ち込めている便所で腹が減ったとにやけていたのでそう言われても仕方がない。

この衛兵の口からこの事もすぐに城中に知れ渡るのだろう。テレビなどの娯楽のないこの世界では、こういうゴシップ的なネタは格好の話題になるのだ。尾ひれ背びれが付いて面白おかしく語ってくれることだろう。

『あれほど臭う便所でにやにやしながら飯の事を嬉しそうに話していた。流石はオークプリンス様だ！』と――

これまで悪戯や覗きを繰り返していたせいもあって、今回の件が従者たちにとって止《とど》めになったようで、完璧にルーク君は城内で孤立したみたいだ。

周りの者はバカな王子に散々手を焼かされてうんざりしているのが窺《うかが》える。

王城内の侍女や執事たちは、貴族の娘が行儀見習いとして来ている事が多い。上位貴族に一度使われることによって、使う側の心構えや、使われる側の不平不満を実際に学ぶのが主な目的だそうだ。一般の従者や使用人たちも王家で働いている事に誇りを持っているエリートなのだ。その王家の名を落としている俺のことが、使用人からすれば腹立たしいのだろう。俺のせいで働いている使用人の評価まで下がってしまうのだから当然かもしれない。

ルーク君が悪いのであって、『俺じゃないよ！』と言いたいところだけどね――

女神様……この状況マジできついんですけど！

＊　＊　＊

用を足した後、自室に再度連行されたのだが、3名の来訪者が待っていた。

この3人はルーク君の実母と義母、そして妹だね。

この城で唯一ルーク君を慕ってくれているのがこの可愛い妹と義理の母だ。

他の兄姉《きょうだい》もルーク君を可愛がってくれているが、みんな色々な理由で城を出ているので、今この城で俺を構ってくれるのはこの子と義母しかいない。衛兵の話では兄姉たちも何度か気絶中に見舞いに来てくれていたそうだ。ちなみに目の前にいる実母の方はルーク君的にあまり係《かか》わり合いたくない人だ。嫌っているわけではないようだけどね……。

「お母様……申し訳ありませんでした……」

「あなたという人は！　どこまで皆に迷惑をかけたら気が済むのですか！」

「ルーク、皆心配したのですよ……無事目覚めてなによりです」

「お義母《かあ》様、心配おかけしてごめんなさい」

実母の方は今にも『キーッ！』と言いそうな感じだ。凄く心配してくれていたようだけどね。

なるほど、苦手になるわけだ……今、俺はめっちゃ緊張してしまっている。過去のルーク君の記憶がそうさせているようだ……。

ヴォルグ王家の家族構成だが――

正妻に子供が３人（長男・次男・長女）、側妻に子供が２人（三男の俺と末っ子の妹）、一夫二妻、三男二女の８人家族だ。城内の離れに前王夫妻が隠居している。

王家の男児は幼少時にドレイクの卵を与えられ孵化させて、16歳になる年に竜騎士学校に通う習わしがある。

第一王子は19歳、去年首席で竜騎士学校を卒業して現在は竜騎士隊の見習いだ。騎士の宿舎で暮らしている。

第二王子は17歳、現在竜騎士学校の2年生で成績は常にトップ。全寮制なので竜騎士学校の寮住まいだ。

第一王女は16歳、学年でいえば俺と同じだが、現在騎士学校の魔法科に通っている。姉様も寮暮らしだ。

兄妹《きょうだい》の仲は凄く良い……こんなバカな弟にも優しく接してくれるし、尊敬できる兄姉たちだ。

でも、実の母親と父親は悪戯ばかりするバカなルーク君に辛く当たるのだ。

7歳ぐらいまではルーク君も普通の男の子だった。

どうしてオークプリンスと言われるようになったのか……俺の主観だが、7割ぐらいはこの母親に原因がありそうだ。

彼女は正妻の子供の兄たちとルーク君を比べて、事あるごとに愚痴をこぼしたのだ。

兄たちは何歳で歩いた、喋った、何日で九九を覚えた、竜に何歳で乗れたとか……ルーク君のスペックは高いのに、優秀な兄たちと毎回比べられて、歳を重ねるごとにどんどん捻《ひね》くれていってしまったのだ。

兄たちは天才肌の感覚派、一方ルーク君は理論派なので、理解するまで感覚派の者より習得に時間が掛かるのだ。むしろ、一度理解して習得した事柄は兄たちよりミスなく完璧にこなすことができるのだが、母はその事を理解してくれない。

反抗期も重なってすっかり捻くれてしまい、10歳になる頃には一切勉強しなくなり、悪戯ばかりするバカ王子が爆誕したわけだ。ストレスでバカ食いするようになって、今では誰もが知る『オークプリンス』様だ。

父親も長男への依怙贔屓《えこひいき》があからさまで、ルーク君は日毎《ごと》に不満を募らせていった。

両親はルーク君を嫌っているのではないようだけど、接し方が悪かったみたいだね。

俺が客観的に判断するなら、ルーク君が幼かっただけで、この母親はむしろ過剰なくらいにルーク君を愛している……愛している故に、口煩《くちうるさ》く言ってしまうのだ。

でも、幼かったルーク君的には褒めてもらいたくて頑張って結果を出しても、兄や姉と比べてそれほど評価してもらえていないと感じられた。どんなに上手くできても、この母にとってそれは当たり前の事で、決して褒める事はなかった。やがて努力する事がなくなり、一切勉強もしなくなったが、ルーク君からすれば褒められたかっただけなので、褒められないのであれば勉強ができようができまいがどうでもよかったのだ。

「お兄様、お怪我はもう良いのですか？」

そう言って俺の胸元に飛び込んできたのが、今年7歳になった歳の離れた可愛い妹だ。

「うん。チルルにも心配かけたね……もう平気だよ」

ちょっとお腹で跳ね返りそうになっていた……早急に痩《や》せよう！

トイレ開発よりダイエットが先だな。

侍女や従者たちもこの子の前ではあからさまな態度はとらないので、俺が『オークプリンス』と言われて皆に蔑まれているのを知らないのだ。もう少し成長して周りがよく見えるような年齢になれば俺を蔑んでくるかもしれない。

まぁ、そうなる前に改善するつもりだ。

俺はルーク君ほどガキじゃないので、腹いせに悪戯したりはしないからね。

「ルーク、近いうちにあなたの処遇が決まるそうです。それまでくれぐれも大人しくしているのですよ？」

ん？　処遇？　騎竜を死なせたら法的な罰があるのか？

「お母様、処遇とはどういう事でしょう？」

「何を言っているのです！　パートナーの騎竜をあなたは死なせてしまったのですよ！　騎竜を失った者が、竜騎士学校に通えると思っているのですか！」

ごもっともな話だ……竜騎士学校への入学の際に、自分の騎竜を手に入れている事が最低条件になっているのに、竜なくして通える道理はない。

父様と兄様が王家の竜として飼っている騎竜が2匹ずついるが、あくまで父様と兄様が孵化させたドレイクなので、次男ならまだしもアホなダメ三男に貸し出すことはないだろう。

いつも以上の母の金切り声にチルルは怯《おび》えてしまっている。優しく抱っこして頭を撫《な》でてあげるとしがみついてきた。

可愛い妹だ……微かにこの子から花の良い香りがする。花壇の手入れでもしていたのかな？

俺はどうやら入学2カ月足らずで退学のようだ……母が怒るのも無理はない。

俺はこの後どうなるんだろう……。

第3話　好きな女の子と婚約解消になったようです

お怒りモードの母が部屋を出て行ったので、食事がくるまでの間、早速筋トレを開始した。

思い立ったら即実行だ！　この醜く太った体じゃ邪神討伐なんかできるはずもない！

痛む体に鞭《むち》打って、腕立てをフンスカ言いながら開始した。

「フンッ！　ハァッ！　フンッ！　ゼハァー……筋力アップ！　オエ〜〜！」

15回ほどで腕がプルプルして気分が悪くなった……なんだか動悸《どうき》もする――

当然まだ腹筋は1回もできない……こんな体で、邪神討伐なんてできるのか？　不安だ。

間もなく食事が届けられたのだが、ちょっと少ない……いや、標準的な量なのだが、この巨体を維持する量にしては足らないのだ。

ダイエットを誓ったばかりなのだけどね……ウウ〜〜〜ッ！

王家には当然一流の料理人が雇われている。いわゆる宮廷料理人というやつだ。今、出されている食事もとても美味《おい》しい。2日ぶりに食べる食事なのでお腹に優しいように考えられたものだ。

ここの料理長も夜中に食材を荒らすルーク君のことは嫌っているかもしれないが、出す食事は誇りを持って提供してくれる人物のようだ。

バランスの良い食事なので、これだけなら太ることはない。

ならどうしてこれほど太っているのか……それは3食の食事以外でも食べているからだ……特

に夜食は欠かせない。ルーク君の【亜空間倉庫】の中には常になんらかの食べ物が入っているのだ。

ルーク君は4月から竜騎士学校の寮に入っていたのだが、出不精のくせに休日になると屋台とかで食料を買い漁《あさ》って溜め込んでいる。基本外に出ない人間なのだが、食べ物に関することになるときっちり外出して自分で確保しているのだ。

【亜空間倉庫】自体は【時間停止】機能はないので、何日も長期保存はできないが、普通に空気にさらすより長持ちするみたいだ。【魔封じの腕輪】のせいで今は取り出す事はできないようだけどね。

まぁ、ダイエットを誓ったのでどのみち食べるわけにはいかない。

一度死んだのなら、【亜空間倉庫】の中身は空っぽって可能性もあるけど、【魔封じの腕輪】が付いている以上今は確認もできない。この腕輪……針金があれば簡単に外せそうなのだけど、今は止《や》めておこう。父様をこれ以上怒らせるのはまずそうだしね。

＊　＊　＊

日が暮れた頃に、2人の美少女が訪ねてきた。

1人はルーク君の姉で、もう1人はルーク君の婚約者だ。

そのうちの1人が俺を見るなり抱き着いてきた！

「ルル⁉」

ルーク君の婚約者のルルティエだ……うわ～、柔らかいし、めっちゃ良い匂いがする！

「良かった……思ったより元気そうね」

「はい。お姉様にも心配かけました」

可愛がっていた騎竜を亡くしたので、落ち込んでいないか心配してくれたようだ。

「ルー君、２日も目覚めないので、凄く心配しましたのよ……」

そう言いながら俺に抱き着いたまま、下から可愛く見上げてくる……めっちゃ可愛い！

「昨日も来てくれていたみたいだね。心配かけたようでごめんね」

婚約者のルルティエは俺の事を『ルー君』と呼ぶ。

その彼女は、俺の『ごめんね』という言葉に目を丸くして驚いている。

俺を『ルー君』と呼ぶこの娘は、侯爵家の次女で、俗にいう幼馴染《おさななじみ》だ。

この娘の侯爵家は、元々王家の直系で両親とも仲が良く、どういう経緯でかは知らないが、ルーク君が６歳ぐらいの時に彼女と婚約が決まったようなのだ。この世界でも６歳での婚約はずいぶん早いが、ルーク君は当時から喜んでいた。幼馴染の彼女のことが大好きだったのだ。今も見舞いに来てくれて嬉しいという感情が溢れている。

フルネームはルルティエ・C・マーレル。現在16歳。ライトパープルの髪色で、この世界の女子では珍しいショートヘアーだ。とても似合っていて可愛い。ちなみに俺や彼女の名前の間に入っているAとかCの表記は貴族階級を表すみたいだ。

ルーク君の記憶では爵位には家格の高い順に、Ａ：王族　Ｂ：公爵　Ｃ：侯爵　Ｄ：伯爵　Ｅ：子爵　Ｆ：男爵　Ｇ：準男爵　Ｈ：騎士爵となっている。他にも大公や辺境伯などもあるようだ。

実はルルティエとは最近雲行きが怪しくなっている。お互い違う学校に行くようになってから、会うのは１カ月ぶりになる。10歳頃まではよく一緒に遊んだのだが、『オークプリンス』と言われるようになった頃からどんどん会う機会もなくなっている。

本当はもう嫌われているのかもしれない。嫌われるような事ばかりしていたからね。

ルーク君は彼女の事が大好きだ……好きすぎておバカなルーク君の取った行動は、王宮の庭でカエルやヘビや虫を捕っては彼女を追いまわす。約束の時間にはわざと遅れていく。綺麗《きれい》に結っていた髪をぐしゃぐしゃにする……もしもそのせいで今、ショートヘアーなのだとしたら可哀想すぎる。

バカな小学生の悪ガキが、好きな子に構ってほしくてやってしまう一番ダメなやつだ。

会話していても緊張して、ぶっきらぼうな受け答えしかできないから、周りから見れば虐《いじ》めているように見えた事だろう。そのルークが『心配かけてごめん』とか言ったから驚いているのだ。

「ルーク……言いにくい事だけど、ルルとの婚約が今日解消されたわ」

「エッ!?　お姉様、どういう事ですか!?」

ルルティエと親しい者は、彼女の事をルルと呼ぶ……ルーク君もそう呼んでいた。

「詳しい事は分からないけど、今回の一件が原因なのは間違いないでしょうね……」

「ルルは何か聞いている？」

俺の問いかけにルルティエが答えてくれる。

「はい。今日のお昼に、国王様自らわたくしの屋敷を訪ねてきて、お父様に婚約解消の話をされたそうです。お父様も最近のルー君の奇行に不安を持っていたようで、喜んで婚約解消に同意したそうです。それ以上詳しい事は何度聞いても教えてくださいませんでした……」

あたた……こりゃ仕方ないでしょ。貴族の結婚は政略結婚が多い。

貴族の子息が学校に通うのは、その間にお相手を探すという猶予期間的な意味もあるみたいで、家格に見合ったお相手を当人が連れてくればそのお相手と結婚できる。だが卒業する18歳という年齢は結婚適齢期なのだ。その間にお相手を見つけられなかった場合、親が選んだ相手と結婚させられるのが貴族の結婚観だ。

親も自分の息子や娘は可愛い。少しでも良い相手を探すのに必死だ。政略結婚とはいえ、そこにはちゃんと親の愛があるのだ……まぁ、俺的には親の決めた相手とか納得できないけどね。

「今回の俺の愚行はここまで影響が出ているのか……」

普通、貴族間で婚約が成立したなら余程の事がない限り解消される事はない。

家格が高ければ高いほど、婚約解消は貴族にとっては不名誉な事なのだ。

うちの方から解消を申し入れたので、王家として体裁はとれている。しかし、王家に婚約解消をされた侯爵家の令嬢としては不名誉な事この上ない。腹立たしい事に、貴族の中には他家の足を引っ張ろうと、王子が悪いのを知っているのに、王家から婚約を解消されるような『良くない娘』と言って悪い噂を流したりするような者たちがいるのだ。

目の前で不安そうな顔で俺を見ているルルティエと目が合う。

ルーク君の記憶によるものだろうけど、彼の感情が流れ込んできて動悸がするほどだ……。

「ルル、俺と係わったばっかりに、君にも不名誉なレッテルを張ってしまったね。本当にごめんよ……残念だけど、君のお父様の気持ちも分かる。自室謹慎が解けたら、おじさまにも謝りに行くと伝えておいてくれるかな？」

「ルー君は婚約解消を了承するというのですか⁉」

「ルルも『オークプリンス』と言われる俺なんかより、もっと良い相手を見つけた方がいいよ」

「私はいつか昔のルー君に戻ってくれると信じて、ずっと待っていたのに！　私の事なんか全然想《おも》ってくれてなかったのですね……酷いです！　ルー君のバカ！」

ルルティエは泣きながら部屋を出て行ってしまった。

何、今の？　エ〜〜ッ⁉　俺はニブチンのラノベ主人公じゃないからちゃんと分かるよ！　ルルティエもルーク君のことが好きだったの？

昔のルーク君か……よく遊んでいた6歳ぐらいの捻くれる前の事だろうな……。

「ルーク、なに呆けてるの！　さっさと追いかけなさい！」

「でもお姉様……俺、自室謹慎中で部屋から出られないのです！」

パチン！

「バカ！」

バカと言って姉様にぶたれた……何で俺が何度もぶたれなきゃいけないんだ！　理不尽だ！

姉様は俺をキッて睨《にら》んで、足早に部屋を出て行った。姉様に任せておけば、ルルのフォローは大丈夫だろう。

ルーク君の感情が溢れて、俺の目から涙が流れた。

開いた扉から見張りの騎士がにやついてこっちを見ている……。

『婚約者にフラれて、姉にぶたれて泣いてたよ！』とか言って話のネタにするんだろうな……。

開いていた扉を閉め、自業自得だと思いつつ、泣きながらフンスカと嫌な事をごまかすように筋トレを行った。

＊　＊　＊

翌朝起きると、昨日筋トレをやりすぎたようで、全身が筋肉痛だ。

元からむち打ちに似た症状もあったのでかなり酷い事になっている。

「う〜〜〜っ……アタタッ……」

結局、昨晩父様は俺を訪ねてこなかった。

学校の処遇や婚約解消の事が気になったが、誰も知らないと言って相手をしてくれないので確認のしようがない。

昨日のルルティエの悲しそうな顔を思い出すと胸が切なくなる。

正直に言えば、感情が記憶に引っ張られるのはちょっと勘弁してほしい……凄く可愛い娘だったが、俺にとっては昨日が初対面なのだ。ルーク君の幼馴染で、幼少時よりずっと好きな相手だからといっても、俺が好きなわけではない。いきなり婚約者と言われても対応に困るというものだ。

こんなことなら最初からルーク君の記憶など要らない。記憶喪失という事にして、性格が変わってしまったとした方がやりやすかった。

女神様が王子に転生させた理由はなんとなく分かるのだけどね。行動制限とか資金力面で平民だと心もとない……。力をつけるまでには色々準備がいるのだ。王家が後ろ盾だと、多少の無理はできる。制限のあるダンジョンとかに入るのも許可が貰《もら》えるし、商都とかの場合、一般人だと入門チェックに半日とかかかる場所もあるのだ。そういうのも王家の威光が効くだろう。

農民だと家の手伝い優先で、戦闘訓練なんかやっている暇すらないからね。

今日も相変わらず自室謹慎中で、扉の前の衛兵としか会話できない……その会話もトイレに行く数分のみだ。

あれから母親や妹も部屋には来ていない。実母の方はともかく、義母や妹のチルルには会いたいのにな～。優しい義母が見舞いに来ないのはちょっとおかしいけど、多分父様が罰として人と会うことを禁止したんだろうな。

やる事がないから、今日も朝から筋トレダイエットだ！　筋肉痛だからと言ってここで止めては意味がない。俺はルーク君と違って、一度決めた事は意地でもやり遂げるのが信条だ。無理はしないが痛む体を「フンッフンッ」と言いながら酷使する……筋力アップで脂肪燃焼効率を良くするのだ！

連続での回数は現状少ないが、毎日やっていれば徐々に増えるだろう……。

それにしても居心地が悪い……食事を持ってきてくれた侍女なんか、話しかけても無視しやがる。ルーク君が何度かお風呂を覗いた事を根に持っているのだろうけど……俺がやった事じゃないので納得がいかないのだ。彼女の気持ちも分かるだけに釈然としない。どうしても『俺がやったんじゃないのに！』って思いが心の奥底にあって腹立たしいのだ。

この苛立《いらだ》ちの文句を言えるとしたら、俺を『オークプリンス』に転生させた女神様だけだな――。

あれ？　そういえば女神様の名前聞いてなかったな……この世界の主神とか言ってたっけ？

流石にバカなルーク君でも主神の名ぐらいは知っていた。

水の女神ネレイス様がこの世界の主神の名だ。

＊　＊　＊

フンスカしていたら、ある気になる事が芽生えたので試すことにした。

これまで俺が日本で習得してきた技能が、ルーク君の体でも使えるかという疑問だ。

机の引き出しからコインを1枚取り出し、コイン回しをやってみた……うん、太っていて指がむくんでいるが、なんとかマジック技術はできた。折り紙もできる。鉛筆はないが、棒で試すとペン回しもできた。

腕に付けられているこの【魔封じの腕輪】は針金1本で結構簡単に外せそうなんだけど……外したのがばれたら父様に本気で殴られて死ぬかもしれないので我慢している。

向こうの世界で習得した技能は、どうやらこっちでもできるみたいだ。

腹筋はまだ1回もできないけどね。

暇なのを良い事に、後でチルルと遊んでやろうと、机にあった紙を正方形に切り揃《そろ》えて、折り紙用の紙を作っている……藁《わら》半紙のような粗悪な紙だが、紙がない世界よりはいい。

そうそう、あの女神様が日本のアニメやゲーム、ラノベが参考になってできた世界だと言っていただけあって、文字や言語はやっぱり日本語だった……小学校低学年で習う程度の漢字も使われている。和製英語もカタカナ表記で使われていて、ほぼ現代日本語で通じそうだ。だが、どうも【自動翻訳】もされている感じがするんだよね……『りんご』と喋ったつもりが、『アポーの実』と口から出た時に気付いた。おそらく名詞とかが微妙に違っているのだろう。

魔法の本でもあれば良かったのだが、落下事故で自宅に搬送されたため、教科書類は教室と寮にそのままの状態だ。学校の医務室より、宮廷医師たちの方が優れているから、飛竜で数分の王城に運んだのだろう。

部屋の隅に、練習用の木剣があったので振ってみる……意外と上手く振れている。

ルーク君は、全く自主練習とかしていなかったが、幼少時より剣の先生が兄弟3人に付き、強制的に週に4回剣術の稽古を一緒にさせられていた。なので、最低限の基礎はできている。もちろん真面目に取り組んでいる兄たちと比べたら児戯にも等しいが、基本の型は覚えているので、これを繰り返し行えばある程度上手くなれそうだ。

武術の型には攻めと守りの要素が凝縮されている。剣道でも柔道でも空手でも、型をなぞることによって基本技術は覚えられるのだ。攻めの型に対して受けの型があり、どの武術にも数通りの型が存在する。

流石に幼少時からやらされているので、基本の型は覚えている……俺はそれを繰り返しやってみる。

「ゼハァ〜、ゼハァ〜……」

すぐに息が上がってへたってしまった……情けなさすぎるぞルーク君！

100m走を12秒前半で走っていた俺からすれば、この体はとてもじゃないが我慢できない！

第４話　退学の上に隣国に婿に出されるようです

姉様たちが見舞いに来てくれてから10日経つが、それからは誰の訪問もない。衛兵の話だとやはり謹慎中の俺への罰とのことだ。やる事もないので頑張ってダイエットに励んでいる。ベルトを締める際の穴の位置が変わっているので、結構痩せたのではないだろうか？

多分ぽっちゃり君程度には痩せているとは思うのだが……。

出かけていたお父様がやっと帰ってきて、俺の部屋を訪ねてきた。

「父様、おかえりなさい」

「ああ……急ぎ伝えないといけない事がある。お前の今後の処遇がやっと決定した。俺の本意ではないが、お前にとっては悪くない話だ」

「はい……どのような処罰でもお受けします」

「お前はルール違反を犯したが、犯罪行為をしたのではないので処罰という言い方は正しくない」

「そうですか。それで、俺はこの後どうなるのでしょう？」

「決まった事を時系列順に伝えていく。まず、騎竜を失った事により、竜騎士学校はその日のうちに退校になった」

姉様は処遇を決めていると言っていたけど、退学は既に決まっていたのか。

じゃあ、婚約解消とか事後処理に時間がかかっていたのかな？

「そうですか……はい、覚悟はしていました」

「それで、お前を騎士学校の魔法科に転入させようと俺は動いたのだが……竜騎士学校で受けた入学試験時のお前の点数が悪すぎて、魔法科の規定点数をクリアできずに編入できなかった。……俺はこれほど恥ずかしい思いをした事はかつてないぞ。国王自ら足を運んで頭を下げたにも拘らず、騎士学校の校長はお前の点数が足らないために、土下座するかのごとく申し訳なさそうに編入できないと詫《わ》びてきた……俺も騎士学校長も悪くないのに、あのなんともいえない気まずさと言ったらなかったぞ！」

分かります！　父様からすれば家庭教師まで付けていたのに、どんだけアホなんだって話ですよね。お怒りの理由はこれでしたか。言いにくそうに父様に『点数が足らないので……』と断りを入れた校長も、それを伝えられた父様もいた堪れなかった事でしょう。

本当はルーク君の知能自体は高いのだけど、一切勉強してないだけなんだよね。反抗期で半グレしていたからね。

「仕方がないので騎士学校の騎士科に行かせようかと思ったのだが、どう考えてもお前のその太った体では無理だろう……うん？　少し痩せたか？」

「はい、頑張って痩せるように努力を始めました」

「そうか……努力は認めるが、多少痩せた程度では騎士科は無理だろう……」

「ですが、どこかに通わないと王家の体裁が……」

「だからだ！　お前の醜態は王家の名に汚点として残るのだぞ！　醜い豚に育ったお前が、厳しい騎士科の1年次の体力作りに付いていけると思えるか？　竜騎士学校と違い、体力勝負の騎士を育てる騎士科は1年次の基礎体力作りは過酷で厳しいのだ！」

なるほど……1年次の体力作りに俺の巨体じゃ付いていけないのは明らかだよね。

転入したは良いが、俺が途中で退学なんかしたら、王家としてはあってはならない汚点として残る。血筋を尊重する貴族社会で、出来の悪い者がいるとその貴族家は軽んじられてしまう……王族であってはならない事態だ……下手したら暗殺されかねない。

「ごめんなさい……」

ルークめ～～！　お前のせいで俺は謝ってばかりだ！

「そこで、どうしたものかと大臣に相談したら、なかなか良い案を提案してきてな……お前を隣国へ婿に出すことにした。隣国との調整に数日かかったが、話自体は上手くまとまった」

は？　婿!?　婚約解消はこれが原因か！　もう勘弁してくれ！　流石に色々イラッときた！

なんで会ったこともない知らない女と結婚しなきゃならない！　そんな事のために俺はこの世界に来たんじゃない！

もういっその事、国を出るか……冒険者になって邪神のいるダンジョン攻略をした方が良いだろう。

正直ここまで悪名高く名が知れ渡っていては、何をやるにも制限がかかる。ダンジョン攻略をするにしても、この父親が許可を出すはずがない。おそらく今後問題行動させないために、今のように軟禁生活を送る羽目になる。

女神様は王家が支援に付くと踏んでルーク君を選んだのかもしれないが、ここまでルーク君の信用がガタガタだと、却《かえ》って王家という存在が足枷《あしかせ》になりそうだ。実際に今、【魔封じの腕輪】を付けられ行動を制限されてしまっている。

眉間に皺《しわ》を寄せ出した俺に気付いたのか、父様は言い訳を始めた。

「婿と言っても悪い話ではないぞ！　隣国のフォレル王国は知っているだろう？　そこの公爵家へ婿入りする事になったのだ。ここにいてもお前は三男で評判も悪い……。上位の爵位を与えると、臣下から不平が出るだろうから精々男爵位しかやれぬ……お前が婿に行くフォレスト公爵家は女児ばかり３人いてな……奥方が病を患ってしまい、もう子は望めぬそうなのだ」

「上位貴族で、奥方が１人なのは珍しいですね？　側妻はとらないのでしょうか？」

「そうだな……普通なら家の血が廃らないように名家ほど数名妻を娶《めと》るが、中には奥方の嫉妬心や独占欲が強くて――――まぁ、そういう家もある」

「嫉妬ですか……」

「それで、長女に婿をとる事にしたそうでな……向こうに行ってすぐに結婚という話ではない。お前は隣国の騎士学校の魔法科に通う事になっている。相手の娘も現在そこに通っていて、結婚は卒業後の予定だ。二人とも卒業までは寮生活なので、いきなり公爵家で暮らせと言っているのではない。――――まぁ、その娘もお前と同い年なので、向こうの王とは婚約自体の話はすぐにまとまった……その後に色々条件の調整で時間がかかったがな」

「どうして俺と、という話になったのですか？　そもそも俺には既にルルという立派な婚約者がいるではないですか……」

「マーレル家のルルティエとは今回の件で破談になった……。大臣から婿入りの話を聞いたその日に俺自らマーレル家に赴いて話を付けてきた。お前の気持ちは知っているが、流石に『オークプリンス』と世間で言われているお前の嫁にするには勿体《もったい》ないくらい美しく優秀な娘だ。彼女には同じ侯爵家の嫡男のところに嫁ぐ話が既にきている。男爵位しかやれぬバカなお前より、次期侯爵家当主の家に嫁いだ方が幸せになれるだろう。お前のこれまでやってきた愚かな行為を反省して、ルルティエ嬢の事は諦めるのだな……」

　言い返せない……確かにバカで有名な俺に嫁いで後ろ指を指されるより、侯爵家の正妻になった方が幸せかもしれない。本来国王の兄弟なら公爵位を賜るのが通例だが、俺にそんな上位爵位を与えたら、周りの家臣貴族が黙っていないだろう……そんなバカな采配をする父様ではない。

　ルルティエの事を考えると、胸が『キュッ』となるが、これはルーク君の記憶からくるものなのかな？　ルルと直接俺が係わったわけではないのに胸が苦しい……。

「でも今の父様の発言は、相手国にバカを承知で行かせるって事ですよね？　相手国がその事を知ったら怒らないでしょうか？」

「うっ……お前は知らないだろうが、数年に一度貴族間の血が偏らないようにと、優秀な血を招き入れるのを目的として、友好国から上位貴族の娘を嫁に貰っているのだ。我が国の上位貴族は何らかの縁故になって、どんどん血が濃くなってしまっている」

「それも1つの理由でしょうけど、本音は上位貴族の子供を人質にして、近隣国と戦争が起きないよう抑止力にしているのでしょう?」

戦国時代の日本も普通にやっていた事だ。友好国とはいえいつ戦争になるか分からない。その時に嫁いだ人たちが有効な人質になるのだ。

「フォレル王国はこの国の王家の者から派生した属国だ。戦力差も歴然なので人質などそもそも要らん。魔法を使えるのが貴族ばかりだという理由に、遺伝が関係しているのは知っているな?そのために各家は躍起になって優秀な家系の血を求めるのだ。名家ほどその傾向は酷くなってきていて、昨今では兄妹婚は当たり前、中には親子で子を生《な》す家も出るほどだ……」

「はい、知っています」

「我が国は大国だという事もあって、貴族の人数はとても多い。必然的に優秀な遺伝子を持った者も多くいる。隣国のフォレル王国は我が国の50分の1程度の人口しかない小国だ。なので、これまで我が国から嫁や婿に出すのは伯爵位までとしてきた。だが、向こうが要望してきたのは公爵家への婿入りだ……流石に伯爵位の者では釣り合いが取れないのだ。せめて侯爵家でないと向こう側としても了承できないだろう」

「タイミングよく上位貴族の子息を求められていたので、この国で有名なバカ王子を厄介払いですか……」

「向こうが婿候補に1番求めているのは人柄ではない……優秀な魔法属性を持った家系の血だ。

お前が馬鹿だろうが、捻くれ者だろうがそんなのは二の次で良いのだ……」

「確かにバカでも血筋は王家の直系。しかも俺の主属性はレアな聖属性。おまけに適性が高い順に聖→闇→水・風→雷と5属性も使える貴重な存在だし、種馬にするにはバカでも問題ないですよね。なるほど、納得です……魔法属性目当ての種馬なら、どのような者だろうが関係ないのでしょう。欲しいのは人柄ではなく、レア属性って事ですからね。相手の娘も可哀想に……」

平民だと魔法属性の適性がなく、魔法が使えない者も多い。貴族でも1～2属性持ちが普通なのだ。5属性持ちは貴重な存在だったりする。

父様はバカ息子相手に上手く話をもっていくつもりだったのだろうが、的確に俺が指摘したことに驚愕《きょうがく》している。

でも、よくよく考えれば、この国にいるより俺にとっては都合が良くないか？

この国での俺の評価は最悪だしね。行って即結婚じゃないのなら、その間に力を付けて結婚時に逃げれば良い話だ……。うん、悪い話じゃない。

この国の騎士学校に行ったとして、王族の俺に直接絡んでくる奴《やつ》はまずいないだろうが、こっそり物を隠されたり壊されたりはありそうだし、陰口は今でも凄いので隣国へ行くのも良いかもしれない。

事故で死んでしまったルーク君の体を譲り受けてはいるが、この世界に俺の本当の家族はいない。記憶に引っ張られて情のような感情はあるけど、あまり影響を受けるのは良くないと思う。

この父親は俺を隣国に放出して事実上の厄介払いをして捨てる気なのだから、しがらみを断つのにはこの機会は丁度良いのかもしれない。

「ルーク、不満はあるだろうが、これは国家間のやりとりだ。今回の失態を償うと思って王族の子として役目を果たせ……。すまないが明日の早朝にフォレル王国に出立してもらう」

「明日！　いくらなんでも急ですね」

俺の方からこの話を受けようと思っていたのだが……国家間のとか言い出しやがった。しかも明日とかあまりにも酷い話だ。この人への情が薄れていくのが感じられた……。こういう世界だと婚姻は貴族の務めとでも思っているのかもしれない。

それにしても……この人は悪名高い俺が向こうで何かやらかさないかとか思わないのだろうか？　行った先の公爵家で、他家の貴族の女子の入浴を覗いたとか国際問題になるよ？　これまでルーク君は自分の陰口を言う侍女に対して、面白半分に覗きまくっていたよね？　家臣の息女たちだから大問題にはなっていなかったけど、貞操観念の強い貴族の価値観からすると、隣国でやったらかなりまずい行為だよね？

「事を急ぐのは、向こうでお前が通う学校のカリキュラムの都合もあるらしい」

「俺は編入のための点数が足らないのでしょ？　隣国で魔法科に通えるのですか？」

「この国と比べると貴族の絶対数が違うからな。フォレル王国では魔力量がそこそこあって、読み書きができ、入学金を払える者であれば誰でも入れるそうだ」

この国より随分学力レベルが低そうだな……。

すぐ結婚という話ではないようだが、お相手は気になる……。俺としては向こうの魔法科に通って力を付けた後に逃げる気満々だけどね。

「あの、俺のお相手はどのような娘なのでしょう？」

「まぁ、気になるだろうな……。報告では美人なのだそうだが、その娘はこれまであまり社交界に顔を出していないため、顔写真など容姿に関する詳しい情報が手に入っていない。既に学校に通っているので、向こうに行けば分かるのだろうが、美人で聡明という噂レベルの情報しかない……」

王家の人間を婿に出すのに、相手の情報がない？　いくら急に決まった話とはいえ、本来あり得ない事だ。

何か隠していそうだが、この際どこでも良いから俺を厄介払いしたいのかもしれない。

俺のレアな属性を考えれば、バカでも種馬として欲しがる家はこの国でも結構いると思うのだけどなぁ……まぁ、いいや。

「そうですか……分かりました。荷物を整理したいので、この【魔封じの腕輪】を外してください」

「……相手側の公爵家に引き渡す直前までその腕輪は外さない。お前はすぐに逃げるからな。明日一杯はそのままだ。荷物は着替えと装備品以外は持って行けぬ。婿入りの持参金として国庫から１億ジェニーの金を出そう。俺からもお前に支度金として１００万ジェニー用意した。足らない物は向こうで買い揃《そろ》えるといい。あと、竜騎士学校を卒業した時に渡そうと思っていたこれも持って行け……」

剣を1本渡された……これはジェイル兄様が卒業した時に、卒業祝いにと渡していた物と同じ剣だ。当時はまた兄様だけ依怙贔屓してと思っていたものだ……。

「父様、このミスリルの剣は？」

「ジェイルが卒業する時に、お前たち兄弟3人にと同じ剣を打たせて用意しておいたのだ。卒業祝いにしたかったのだが、お前の分は今渡しておく……。結婚して向こうの家に入る際には、王家の家章は消すのだぞ」

この人への失いかけていた情が再燃した！

ヴォルグ王家の家章が入った、高純度のミスリルソードだ。どこに出しても恥ずかしくない逸品だろう。

「お父様、ありがとう！」


結局【魔封じの腕輪】は外してもらえなかった……。持って行ける私物は着替えと装備品のみだと言われ、大した時間もかからず荷物も纏まった。こっそり持っていた回復剤の調合道具一式を用意された木箱に忍ばせたけどね。

本当なら俺の【亜空間倉庫】内には結構な物が沢山入っている……。調合道具も入っていたのだが、俺の転生時にルーク君が死んだのなら、その場に【亜空間倉庫】の中身は全てぶちまけた可能性がある。

死亡時に【亜空間倉庫】の中身は全て放出されるのがこの世界の仕様だ。

『俺は一度死んだのか？』とか、変な事は聞けない……この腕輪が外されたら確認できる事なので黙っていた方が無難だ。

＊　＊　＊

翌朝、まだ日が昇ってないうちに寝ているところを起こされた……。

「……あれ？　ジェイル兄様？」

「ああ、おはようルーク……」

どうやらジェイル兄様が隣国まで連れて行ってくれるみたいだ。

「兄様、荷物はその木箱だけです。馬車ではなく騎竜で送ってくれるとは思っていませんでした」

「ルーク、お前は納得しているのか？　こんな早朝にこっそり家族にも知らせないで連れ出されて……」

「納得はしていませんが、まぁ今回は厄介払いされても仕方がないかなとは思っています……」

めずらしく、兄様が父様に対して反抗的だ……きつい目をして父様を睨んでいる。

「ジェイル、俺にも思うところがあるのだ……これでもルークのためを想っての処遇なのだぞ」

「母様たちや妹たちに内緒で、こんな早朝に見送りもなくルークを隣国の婿に出すことの、どこがルークのためを想ってですか！」

「兄様、良いのです。知ると悲しんで引き留めるだろうから、こっそり出るのでしょう」

「その通りだ。それに、馬車だと10日ほどかかる距離を、ルークが慕っているお前に騎竜で送迎させるのだ。俺のちょっとした配慮も分かってくれ」

「確かにそうかもしれませんが……」

「兄様、なに簡単に父様に丸め込まれているのです。兄様を護送に選んだのは、俺への配慮というより、兄様を使って俺が逃げ出さないよう枷にしたのですよ。これで俺が逃げたら、護送任務を任された兄様に責が及ぶでしょ？　他の者だと逃げる心配があるから、俺の慕っている兄様が選ばれたのですよ」

「俺が選ばれたのはそういう理由なのですか!?」

「いや……まぁ、それもある……。ルーク、分かっていてもそういう事は口に出すな……」

「ちょっとした腹いせです。チルルや姉様たちとちゃんとお別れしたかったですからね」

「すまないな。これまでお前が何度も家出逃亡したから、俺は警戒しているのだ。婿入りが決まってから部屋に隔離したのも、誰にも会わせなかったのもそれ故だ。ジェイル、くれぐれも腕輪は公爵家に送り届けるまで外させるなよ。これは父としてではなく、王としての勅命とする。ルークも今回は大人しく従ってくれ……。ここまで話を進めておいてなかった事にはできない。ここでこちら側から話を潰しては流石に問題になるし、この国の借りになってしまう」

「それほど心配なら、問題児の俺なんか選ばなきゃいいのに……あれ？　俺の護衛に付くのは兄様だけなのですか？　俺はともかく、次期国王候補を他国に1人で向かわせるとか……危険じゃないですか？」

「他の国ならともかく、隣国は身内のようなものだから問題ない。まぁ、今回は極秘裏に話を進めたいので、信用できるジェイル１人に任せることにしたのだ。地上移動なら危険もあるが、ドレイクでの移動中への襲撃はまずないからな」

竜種のドレイクを恐れて魔獣は襲ってこないし、盗賊なども騎竜持ちはまずいない……騎竜での空の移動は、街中を出歩くよりも安全なのだ。

父様は俺を黙って婿に出すことが家族にばれるのを恐れたようだ……。間違いなく父様以外は反対して止めるだろうからね。

今回のこの件は父様と兄様、内務大臣の３人しかこの国では知らないそうだ。

兄様の【亜空間倉庫】に荷物や持参金と支度金を預け、騎竜に乗ってフォレル王国に向けて出発した。

俺の見送りは父様だけという、普通の婿入りでは考えられない寂しい出国だった――

せめてまともな朝飯ぐらい食わせろよ！　騎竜の上で硬いパンを齧《かじ》りながら憤慨する。

「兄様、いくらなんでも朝飯すらゆっくり食べさせてもらえないとは、酷いですよね……」

「ああ、父様が何をお考えになっているのか、今回ばかりは正直理解できない。お前の事で色々腹を立ててはいるが、嫌っているわけではない。それはお前も分かっているよな？」

「分かってはいますが……親から捨てられた気分にはなっていています」

「ある意味そうだが、貴族の婚姻はこういうものだしな……国としての思惑もあるのだろう。この婚姻話は相手側の公爵家というより、向こうの国王がかなり食い付いたらしい……」

「そうなんですか？　まぁ、俺がこの国にいても居心地悪そうですし……この際国外追放も我慢しますけど、朝ご飯ぐらい食べさせてから送り出してほしかったです」

「国外に婿に出されたのは自業自得としか言いようがないな……お前はやればできるのだから、これからは少しで良いから真面目に取り組むのだぞ？　それと、他国に婿に出されたことより飯の方が大事とか……また『オークプリンス』って言われるから、あまり向こうに行ってからは食事に意地汚くするんじゃないぞ」

兄様に言われて初めて気付いたのだが、マジで食い意地が悪くなっているようだ……記憶の影響は恐ろしい。

＊　＊　＊

ヴォルグ王国からフォレルル王国までは馬車だと10日ほどかかる距離だが、騎竜だと1日で移動できる。

フォレルル王国は地図でいうとヴォルグ王国のすぐ真上に位置し、直線距離では５００㎞ほどしかないのだが、真っ直ぐ上に向かえない理由があるのだ。危険な魔獣が出る山脈があり、道も険しく一切整備がされていないため、その山脈を大きく迂回《うかい》して山の麓を通って行く事になる。

しかし、騎竜を使えばその山脈の上空を越えて行けるので最短距離で向かえるのだ。山の魔獣は強い個体が多く危険だが、ドレイクに挑んでくるような強い飛行型魔獣はいないそうだ。竜種最弱とはいえ、その辺の魔獣なんかよりドレイクの方がずっと強いからね。

ドレイクの飛行速度だが、戦闘機のようなとんでもない速度は出ない。大きな翼はあるが羽ばたいて飛ぶのではなく、竜特有の飛行魔法で飛んでいるみたいで、風に上手く乗れた時の最高速度でも時速２００㎞ほどだと思う。

普通は無理をしないで時速60～80㎞ほどで飛ぶので、３度ほど休憩をはさみ、８時間ほどでフォレル王国に到着する予定だ。車のような機械と違って竜は生き物だからね。途中の休憩は大事だ。

現在無事山越えも終わり、先ほど隣国の辺境伯領に到着した。

そのまま素通りは問題になるので、我が国との国境に一番近い辺境伯領の門番に通過すると報告を入れているところだ。

「ジェイル殿下、ルーク殿下、ようこそおいでくださいました！　報告はお受けしています。宜《よろ》しければ、お館で休憩されて行かれてはと領主様から言伝《ことづて》を受けております」

この手の事は兄様が無難に対処してくれるだろう。

「申し訳ない。フォレスト公爵家にできるだけ早く向かう必要があるので、今回はこのまま行かせてもらう。帰りに寄らせていただくと、辺境伯殿にお伝えくださるか？」

「了承しました。領主様には無理にお引き留めするなと言われております。引き続き無事な旅路をお祈りいたしております」

「ああ、ありがとう。では行かせてもらう」

ジェイル兄様は大国の第一王子様だからね。面倒だけど、いずれ国王になるのだから外交も大事なお仕事の1つだよね〜。

「あの、お花は要りませんか？」

うん？　花売りの少女か……。

12歳ぐらいの女の子が籠《かご》一杯の花を持って声を掛けてきた。

「これっ！　このお方は高貴な身分のお方だ！　花売りごときが声を掛けてはならぬ！」

「ご、ごめんなさい！」

門番は強めの語気で注意したが、いつもこの付近で売っているのなら、この子とは顔見知りだろうと思う。おそらく不敬を働いて俺たちに何かされないようにこの子を遠ざけようと配慮したのだろう。貴族の中にはちょっとした事で、一般市民に暴力を振るう者がいるからね。

「綺麗な花だね。それ、幾らだい？」

「ふぇ？」

「この御仁が買ってくれると言っているのだ。早くお答えせぬか」

「はい！　1束50ジェニーです」

安い……1束15本ほどの淡い紫やピンク色をしたチューリップを束ねてまとめてある。

他にもこの子が周辺で摘《つ》んだ季節の野花だろうものが見栄えよく束ねられている。

お小遣い稼ぎなのか、家計の足しになのかは分からないが協力しよう。

「可愛い花だね。籠ごと全部貰《もら》えるかな？　これで足りる？」

花売りの少女に金貨1枚手渡す。

籠は１０００ジェニーもあれば買える品なので、むしろ渡しすぎだが、可愛い働き者の少女にご褒美だ。

「あの……私、金貨でのおつりを持っていません……」

金貨は日本円で換算すると、大体1万円ほどの価値がある。

銅貨：10ジェニー、鉄貨：１００ジェニー、銀貨：１０００ジェニー、金貨：1万ジェニー、ミスリル硬貨：10万ジェニー、オリハルコン硬貨：百万ジェニー。

十進法を使った分かりやすい価値基準だ。円ではなくジェニーというけどね。

大体価値も円換算で同じくらいのようだね。

「お釣りは君にあげるよ」

「エッ⁉　でも……」

「良いと言ってくださっているのだ。さっさと受け取って、お礼を言って立ち去ればいい。良かったな」

「はい！　ありがとうございます♪　これで、お母さんの怪我が治せます！」

なんですと！

「ちょっと待て！　君の母親は怪我をしているの？」

「はい。回復剤で治せる程度なのですが、お金を持っているお父さんが帰ってくるまであと5日ほどあるので……」

少女から詳しく話を聞くと、家が回復剤を買えないほど貧乏ってわけではないようだ。お金を引き出せる冒険者カードを持った父親が留守にしていて、手持ちの食事代金だけでは高額な回復剤を買うには少しばかりお金が足らなかったようだ。

普段の花売り自体はこの娘のお小遣いになるらしく、今は花を売って薬を早く買おうと頑張っていたそうだ……幼いのに立派な娘だ。

兄様が側《そば》に来て中級回復剤を俺に手渡してきた。1万ジェニーで買えるのは初級回復剤だが、傷の程度が分からないので兄様は念のために中級回復剤を手渡してきたのだ。

流石兄様！

「これを持って行くといい。中級回復剤だよ」

「エッ！　でも、こんな高価な物、いただけません……」

「良いから。さぁ、早く帰って、お母さんの怪我を治してあげるといい」

「貴族のお兄ちゃんありがとう♪」

深々とお辞儀をして、回復剤を大事そうに手にして駆けて行った。

満面の笑顔をご馳走《ちそう》様だ！

「ルーク、お前は子供には甘いよな……モテないけど」

「兄様、一言多いです……」

少し辺境伯領も覗きたかったけど、兄様に睨まれたので断念した。

朝早くに出たため時間はまだ午後1時……お昼は食べたのだけど、時間はあるのだし、他国で変わったものをつまみ食いしたかったのだけどな～……残念だ。

ここから公爵領まで馬車で１日の距離だが、騎竜だと1時間ほどで到着だ。

＊　＊　＊

辺境伯領から45分ほど飛んだ辺りで、街道でなにやら戦闘が起きているのが見えた。

「兄様……あれって盗賊に襲われていませんか？」

「だな……参ったな……。お前を無事送り届けるまでは、危険な目に遭わすわけにはいかないのだが……」

戦闘が起きている遥《はる》か上空で、ホバリングして様子を窺う。

馬車を守っている騎士っぽい者が9名、それを襲っている盗賊っぽいのが40名ほどいる。

既に騎士が２名倒れているようで、多勢に無勢で劣勢のようだ。

ルーク君は殺人なんかした事ない。勿論俺もね。

うわー、マジで殺《や》り合ってるよ……。

正直この世界に来るのに、そういう覚悟をしていなかった。

お約束的な盗賊イベントなんか発生しなくていいのに——

「兄様は国の竜騎士隊に入っているので、殺人経験とかはもうあるのですか？」

「いや……まだ見習いだから、あまり危険な場所や危険な任務には当たっていない」

学校を卒業してまだ1年だもんね～。

「アッ！　騎士が1人魔法で殺されました！」

「ルーク、あの馬車にある家章はフォレル王家のものだ。……おそらくあの襲われている馬車の中にいるのは王族の誰かだと思う」

「ヴォルグ王家の者として見過ごせないですよね？」

「任務中だが、俺は加勢に行こうと思う。お前は、どこか離れた場所に降ろすので待っていろ」

「兄様が加勢に向かったとお父様が知ったら怒るだろうな……。万が一兄様がこの戦闘でお亡くなりになったら、俺の婿入りも多分なくなっちゃいますね」

兄様は俺だけどこかに降ろし、加勢に入るつもりのようだ。願ったりな申し出だが、自分だけ安全な場所に隠れて避難したら、一生後悔するだろうなぁ……。俺に英雄願望も勇者願望も聖者願望もないけど、襲われている人を見過ごすような事はしたくない。

100人相手に1人で特攻とか、無駄死ににになるような愚かな事はしないけど、今回は全く敵《かな》わない相手ではない。本来盗賊は弱いのだ……。騎士や冒険者になれない半端者が落ちぶれた先が盗賊稼業だからね。

正直にいえば怖い……。だって俺は下で戦っている正騎士たちよりも間違いなく弱い。その騎士たちが苦戦しているのに、竜騎士見習いの兄様と子供の俺が参加しても大きな戦力にはならないだろう。それが分かっているので兄様も助けに行くと言わないで、加勢に行くと言っているのだ。でも勝ち目がないわけではない……だって騎竜がいるからね！

「では、降下して加勢するぞ！　あの後ろで密集している魔法使いと弓兵をどうにかできれば戦況は覆せるだろう！」

「兄様、お待ちください！」

「何だ！　早く向かわねば、どう見ても劣勢だぞ！」

【魔封じの腕輪】を外してくださいよ！　これじゃ、何もできません！」

「あ！　忘れていた……」

急いで腕輪を外してもらったのだが……なんじゃこりゃ！

『♪　マスター！　今のレベルでの戦闘は危険です！　お止めください！』

腕輪を外してもらって間もなく、『チロリーン』と鳴って例の可愛い声が頭の中に響いた。

「兄様、少しだけお待ちください。すぐに装備を整えます」

「ああ、今のうちに預かっている物も全部渡しておく」

さっき買った花、お金や俺の着替えなどの所持品が入っている木箱なども全部受け取った。

『♪　マスター、【念話】で私と会話できます』

妖精さんが話し始める時に、何やら『チロリーン』と鈴の音が鳴るのがちょっとウザい……。

この仕様って俺がやっていたMMOのアシスト妖精が喋る前に必ず鳴っていた音だ。

女神様……ウザいと評判悪かった仕様まで忠実に再現しなくて良かったのに……。

『飛行機の中で女神様と会話した時のようなこんな感じで良いのかな？　【念話】できてる？』

『♪　ハイ。申し訳ありません。【魔封じの腕輪】で、ずっと会話できない状態でした』

『そんな事より種族レベル1って何だよ！　記憶ではルーク君はレベル18じゃなかったのかよ？』

この世界では【クリスタルプレート】というA4サイズのタブレットのようなモノが念じることで呼び出せる。その【クリスタルプレート】を呼び出すと、胸の前辺りか、網膜上とでも言えばいいのかな？　ゲームのMMOの表示画面のように目視上に各種データを表示できる。

この【クリスタルプレート】……機能がまんまタブレットPCなのだ。クリスタル製のA4サイズの板なのだが、タッチパネル式で色々な情報が表示される。名前や年齢、ステータスも当然見られるようになっている。機能の中にはメールや電話のようなコール機能、動画や静止画の撮影が入っているだけでなく、【亜空間倉庫】内の物の管理などができる優れものだ。

各ギルドで預金や引き出しもでき、討伐した魔獣なども自動記帳されカウントされる……これ、現代科学より凄くね？

神が人類に与えてくれる神器だそうだが……超凄いけど中身は俺たちの世界の科学技術のパクリっぽいね……今は時間がないので、細かいことは後でゆっくり調べることにする。

『♪　転生扱いになり、一度生まれたての状態になったようです。その後、鏡を見た時にルークの記憶と経験などの熟練度がすり込まれたようですね』

『どうりでビンタされただけで死にそうになるはずだ……お前のことも詳しく知りたいが後だ』

この状況で救いなのは【亜空間倉庫】内の物がちゃんと残っていた事だ。いや、正確には残っていたというのは違うか……正しく言い換えると、【亜空間倉庫】の中は空だった。【亜空間倉庫】の中にあった物は、新たに神がくれた【インベントリ】の中に移されていた。女神様が言っていたチート3点セットの1つだね。【亜空間倉庫】と違い、【インベントリ】の中は時間経過がないので、ここに入れておけば生ものでも腐る事はないし、温度も下がったり上がったりする事のない優れものだ。

それと、ルーク君の熟練度は引き継がれているようだ。

薬学・錬金・錬成術はちょっとおかしいくらい極めているようだが、剣術などはからっきしだ。邪神退治をするなら戦闘に役立つものが欲しかったな……。

父様がくれた剣を帯び、胸にプレートアーマーを装着する。背に矢筒をしょって弓を装備したら戦闘ができる格好にはなった。

「兄様、俺が作った回復剤をお持ちください。【亜空間倉庫】に沢山所持していますので、降り立った時に負傷している騎士に使ってあげてください」

「あり難い。お前は今回弓を使うのか？」

「はい……兄様も知っての通り、俺の剣術の腕は実戦では役に立たないレベルです。婿入りするので、前線に出て死ぬわけにはいきません」

「そうだな。お前は剣より弓の方がいくらか上手かったな……」

「兄様はどうなされますか？」

「俺は魔法使いに上空から切り込もうと思う。上手くいけば戦局を変えられるはずだ」

「良い作戦です。では兄様の騎竜をお借りしていいですか？　俺は上空から皆を弓と回復でサポートします」

「それが一番良いだろう。無理せず遠距離からサポートに徹するのだぞ？」

「はい。兄様もお気を付けて。【フロート】をお掛けしますので、そのままタイミングを合わせて飛び降りてください」

「了解だ。お前にパーティー申請を出すので、了承しろ」

「パーティーに参加しました。バルス、少し俺を乗せてね？」

バルスは兄様が育てた騎竜の名前だ。気性は少し荒いが、兄様や俺にはとても素直なオスのドレイクだ。

「グルル〜！」

「良い子だね」

襲われている者に加勢するために、兄様と2人で突撃した。

パーティー申請を受領した後、騎竜の操縦を兄様と交代している。本来騎竜は従魔契約した主人以外の命令はあまり聞かないのだが、俺はこの子を生まれた時から可愛がっているので、よく懐いてくれているのだ。

俺は盗賊たちの後衛組が集まっている場所にバルスを急降下させた。

盗賊の上空から強襲をかけた形になる。そして、弓使いに向かってバルスに命令を入れる。

「バルス、【エアロラカッターストーム】だ！」

バルスは弓兵に風系中級魔法のカマイタチを広範囲に放った！

カマイタチを受けた弓使いたちは数名が即死し、残った者も瀕死状態で、弓弦《ゆづる》が切られて使えなくなった弓を片手に呆然《ぼうぜん》と立ち尽くしている。何人かはそのまま出血死ですぐにこと切れるだろう……俺の命令で人が死んだ。

「竜だ！　ドレイクだ！」

「何でこんなところにドレイクが⁉」

突然上空から襲ってきた竜の魔法に場は騒然となる。

真下からでは竜の背に乗っている俺たちが見えていないようだ。

兄様は竜から飛び降り、魔法使いに斬りかかった。

凄い！　不意打ちとはいえ、あっという間に魔法使い２人を切り殺した……。

初めての殺人なのに、兄様には一切の躊躇《ちゅうちょ》がない！

俺も杖《つえ》を持った奴に矢を撃ち込む。

ウッ……狙い通り頭部に刺さった……即死だろう……人を自らの手で殺してしまった……。

ここで気負いして躊躇《ためら》うと自分が死ぬ羽目になる……。

『相手は悪い盗賊だ』と自分に言い聞かせて、どんどん矢を放って盗賊を殺していく。

俺が弓を選んだ理由なのだが、種族レベルが何故か１になっていたため、現在俺の魔法は生活ルーク君は初級魔法と中級魔法をいくつか習得していたが、種族レベル1では発動できない。種族レベル10前後ないと初級魔法は発動できないのが一般的のようだ。中級魔法はレベル20前後が必要レベルとされている。

生活魔法の中に攻撃魔法はない。必然的に、現在所持している剣か弓を使うしかないだろう。

だが、ルーク君は剣術の熟練レベルは元からかなり低い……だって練習なんかしてないんだもん！　努力・苦労・訓練・勉強とかいうのは一切したくないのだ……だから太っているし、腹筋が1回もできないのだ！

じゃあ、どうして弓が扱えるのか？　俺が弓道二段だからだ。

高校では弓道部に入っていた。二段だが、段位と腕前はあまり関係ない。同じ二段の人でも上手い人は上手いし、下手な人は下手だ。部活の3年間では二段までしか昇段試験を受けられなかったのだけど、俺の腕前は結構良い方だと思う。

和弓の命中率はあまり良くない。でもこの弓は狙ったところに数ミリの誤差で当たりまくっている。精度でいえば洋弓のアーチェリーやボウガン以上だ。威力もハンパないが、弦を引く力もかなり要る。この命中率は異常だから、何らかの異世界仕様の補正があるのだと思う……。後でAIの妖精さんに聞いてみよう。

『♪　マスター、種族レベルが先ほど10に上がったので、初級魔法が全て解放されました』

『エッ!?　もうレベル10？』

スライムやゴブリン等の下級魔獣より、盗賊退治の方が経験値は良いみたいだ……。

まぁ、レベルが低いうちは、次のレベルに上がるために必要な経験値が少なくていいというのはお約束だね。

手持ちスキルを確認しつつ、どう立ち回るのが最適か、上空から盗賊たちと騎士たちの動向を眺めながら思案する……。

ルーク君は武術はあまり優秀ではないようだが、魔術は色々習得していた。

初級魔法が使えるなら有能だ。

俺は上空から怪我を負っている騎士に初級回復魔法の【アクアヒール】を掛けて回る。

盗賊たちの魔法使いは真っ先に殺したので、ヒーラーを失った盗賊は回復剤をがぶ飲みしながら戦っている。数名に囲まれて苦戦している騎士を優先的に支援して、騎士の背後に回ろうとする盗賊に矢を放ちながら騎士を回復していく。

まだレベルが低いのですぐに魔力が枯渇してくるが、魔力回復剤を飲みながら上空から状況をしっかり見極める。上からだとみんなの動きが手に取るように分かる。

１人特別強い奴がいるなぁ……。

そいつに何度か矢を放つが、騎士と戦いながら俺が放った矢もしっかり剣で弾《はじ》き返している。

うん？　おかしい……何だこの違和感……この強い奴は馬車の入り口を守っている女騎士に何度かナイフを投げて攻撃をしたのだ。やはり変だ……こいつは特に危険な感じがする……。

矢を２本弓につがえ、そいつめがけて急降下する。

気付いたそいつは、俺に向かって何か投げつけようとしたが、先に俺の初級魔法の【サンダースピア】が発動する！　流石に【無詠唱】での雷は躱せないだろう！　そして電撃で筋拘硬縮中に矢を2本同時撃ち！　おまけのドレイクのカマイタチブレス！

全弾喰《く》らったヤツは瀕死だが、まだ息があるようだ。俺はバルスから飛び降り、そいつに俺が付けていた【魔封じの腕輪】を付けてから縄で拘束した。暗器とか持っていそうだったので、剣で服を引き裂いて素っ裸にして地面に転がしておく。

思ったとおり服の中から沢山投げナイフや投げ針などが出てきた。

すぐ死にそうなほど出血していたので、初級回復剤を無理やり少しだけ飲ませておいた。

殺すつもりで攻撃したが、生き残ったのなら聞きたいことがあるので、死なない程度に回復して生かしておこうと思ったのだ。

再度バルスに乗って上空に舞い上がり、劣勢な騎士の加勢に回る。

第５話　襲われていたのは隣国の姫でした

　あれから15分、既に戦いは終わりかけている……。

　盗賊たちの回復剤は尽き、一方で騎士には俺が回復剤を配り、魔法でも回復を掛けて回っているのだからどんどんこちらが有利になっていく。

　逃げ出した奴は優先的に俺が上空から弓で射抜くので逃げることもできない。

　間もなく盗賊の生き残り全員が剣を投げ捨て投降した。

　生き残りを拘束し、武装解除しておく。

　40名いた盗賊の生き残りは僅か７名……投降しても捕まれば死罪確定だし、投降を渋って最後まで抗《あらが》った結果がこれだ。

　一方俺たちが参入して、騎士たちからは誰１人死者は出ていない。兄様が特攻して魔法使いを排除してくれたおかげだね。

　騎士の生き残りは女性３人に男性５人だ……残念ながら俺たちの加勢前に３名の騎士が亡くなられた。

「兄様……お怪我は？」

「何度か斬られたが、お前のおかげで回復しているので問題ない。それより、いつの間にそれほど弓の腕を上げたのだ。驚いたぞ」

ヤバッ！　上手く誤魔化さないとね。

「剣と違ってあまり動かなくても練習できますからね……」

「そんな理由か……剣術は族の嗜《たしな》みだぞ。剣の方も少しは練習しろ」

「そうですね。剣も練習するようにします」

兄様は俺の返事を聞いて満足そうに頷《うなず》いていた。

「ルーク、お前はやはり凄いな……見事な後方支援だったぞ。なのにどうしていつもバカなフリなんか……」

兄様は幼い頃のルーク君の事を知っているから高く買ってくれているが、ルーク君はバカなフリなんかしていない……。地頭は良いのに、やる気をなくして何もしないから本当に無知なのだ。バカと無知は似ているようで違う。

ルーク君はやる気を出して勉強さえすればできる子なのだ。どんなに地頭が良くても、学ばなければ無知なのでバカと一緒だ。

「バカなフリなんかしていませんよ。それより兄様、どうやら俺は騎士に向かないようです……人を殺《あや》めた事で手足がガクブルで立っているのもきつい状態です……。吐き気や動悸もして今にも倒れそうです……」

「そうか……でも安心しろ……それが普通なんだ。俺もそうお前と変わらない……見ろ」

見たら兄様も小刻みに手足が震えていた……初めて人を殺めて平気なわけがないのだ。

俺と同じ感性をしていて良かった……盗賊が相手ならと、笑いながら狩りをするように人の命を平気で摘み取るような人間だと、平和な日本で育った俺には、相手が兄でも心情的に耐えられないだろう。

「竜騎士殿、御助勢感謝いたします！　おかげで命拾いいたしました！」

隊長っぽい人が俺に声を掛けてきたが、俺は竜騎士じゃないんだよね……今回も兄様に丸投げしよう。

兄様に視線を送ると頷いてくれた。

「私はヴォルグ王国の第一王子、ジェイル・A・ヴォルグです。こっちは弟のルーク」

「ヴォルグ王家三男のルークです」

兄様、第一王子なのに偉ぶるわけでもなく敬語なんだね。

大国の王子と知り、一斉に近くにいた騎士たちが片膝をつき最敬礼の姿勢をとる。

「弟の婿入りの護送中でしたが、上空より戦闘が見えたので加勢に入りました。馬車にフォレル王家の家章が入っているようですが、この隊の主《あるじ》はどなた様なのでしょう？」

馬車の中から女騎士に手を引かれ、美しい少女が降りてきた。

「ジェイル様、ルーク様、御助勢感謝いたします。わたくしはフォレル王国第二王女、ミーファ・A・フォレルと申します」

見たことない姫様だ。隣国はヴォルグ王国の王族が建国した属国なので、祭事の際に招待して王子、王女の顔ぐらいは見かけた事があるはずなのだが……。まぁ、ルーク君は問題児だったので、そのような社交の場にあまり呼ばれた事はないですけどね。

このお姫様、めっちゃ可愛くて気品がある。

身長１６０㎝、体重45kgほどかな？　髪はシルバーの銀髪で、サラサラのストレートヘアーを腰まで伸ばしている。俺のシルバーブルーの髪より白い、彼女も主属性は聖属性なのかな？　後ろに付けている大きなブルーのリボンが印象的だ。

瞳はリボンと同じ綺麗なブルーアイでとっても澄んだ目をしている。

そして、何より目につくのが胸だ……細身なのに凄いお胸をお持ちなのだ！　正直Cカップ以上は判別できないが、FカップとかGカップとかの次元だと思う。

姫を観察していたら、姫の手を引いてきた女の子が急に倒れた……。この人、さっき馬車の入り口を守っていて投げナイフを受けた人だ。おかしいな……回復したはずなのに？

急いで彼女の容態を診る。発汗に荒い呼吸……まさか毒？

「急ぎ傷口を確認したい！」

俺の発言に騎士たちは戸惑っているが、兄様がフォローを入れてくれる。

「弟は水属性と聖属性の回復魔法が使えるヒーラーです。任せてあげてください」

この隊の回復師は亡くなっているし、散々上空から皆を回復しまくっているので俺の腕前を疑う者はいなかった。毒なら時間との勝負なので話がスムーズに進んで助かった。

「男性陣はご遠慮ください。どなたか補助をお願いします」

男性騎士を遠ざけ、女騎士に手伝ってもらってプレートメイルを外し、ナイフが刺さって穴が空いている左鎖骨下辺りの上着をナイフで大きく破いて傷口を露《あら》わにする。形の良い可愛いおっぱいも見えちゃったが、ここはスケべ心を抑えるところだ……。

刃傷口は塞がって痕すらないのに、色白の彼女の皮膚の内部が紫色に変色している……触れるとグジュッと皮膚が裂けて出血した。実にヤバそうな感じだ。

「なっ、何ですのこれは⁉」

補助してくれている女騎士が、紫色に変わった肌を見て驚愕している。

『♪　マスター、毒のようです。他にも何人かアサシンに斬られた者が毒を受けています。投げナイフが直接刺さったこの娘が1番多く毒を貰ってしまったので真っ先に症状が出たのですね』

『お前、診察もしていない状態でそんな事まで分かるのか？　凄い役に立ちそうだな……』

女神様が約束通り異世界3点セットを付けてくれていたので、さっそく女騎士に放たれた投げナイフを鑑定魔法にかけてみる。

投げナイフには矢毒ガエルの毒が塗られていた……。

これ、即死毒ではないが、上級の解毒魔法か上級解毒剤じゃないと治療できない！

このままだと1時間持たないだろう……。

この可愛い娘を助けるのは確定として……さて、どうしようかな？

あえて全快させないで中級解毒魔法の【アクアラキュアー】を掛けておく。

胸がはだけてしまった女の子に手持ちのマントを掛けてあげ、みんなのところに戻った。

「まずいです！　矢毒ガエルの毒です！　即死毒ではないですが、急を要します！　上級解毒剤か上級解毒魔法を掛けないと、あと1時間もしないうちに死に至ります！」

上級回復魔法を使える者は、真っ先に矢と魔法の集中砲火で殺されたそうだ。上級解毒剤は、騎士隊長が１本、女騎士が１本所持していた。

というわけなのだが……毒を受けている者は４名、だが騎士たちは上級解毒剤を２本しか持っていなかった。２本も足らない……。

「兄様は常備していないのですか？」

「２本持っていたが、実はさっき１本使ってしまった……毒を受けたと感じたので、戦闘中だったから毒の程度を確認しないで上級解毒剤をすぐに使った。なので、１本しか今はない……」

「賢明な判断です！　２本常備しているあたり流石です兄様！」

兄様はそれを隊長に手渡す。

「隊長さん、どうするのですか？　１本足らないようですが……」

「……急ぎ部下の３人に飲ませてあげてください……私は中級解毒剤を飲んでおきます……」

覚悟した面持ちで隊長はそう言った……自分は死ぬ覚悟で部下を守ろうとした発言だ。

「「隊長！」」

部下たちは涙目で隊長に感謝を伝えている。

隊長は中級解毒剤を飲んで援軍待ちする気のようだが、おそらくそれでは間に合わないだろう。

俺が最初から先に倒れた彼女を助けるのは確定と考えていたのにはわけがある……。

「あっ！　そういえば、俺、持っていたかも……あったあった。じゃあ、これ隊長さん飲んでください」

「ルーク！　お前、隊長を試したな！」

はい、実は上級解毒剤……沢山持っていました。

何故すぐにその場で彼女に使ってあげなかったのか……兄様がちゃんと所持しているか気になったし、この国の精鋭騎士の練度が窺えると思ったんだよね。

兄様、そんなに睨まなくてもいいでしょう……結局は隊長の株が上がったんだしさ。

「俺が思うに、こういう暗殺とかの可能性のある王家の人間は、自分でしっかり自衛のために各種回復剤は所持していないといけないと思うんだよね……。姫様自身が所持していないとか、実に平和な国なんでしょうね」

「ルーク！　余計な事を言うな！」

「いえ、ルーク様のおっしゃる事はごもっともです……お恥ずかしい限りです。今回の事を教訓に、今後は人数分持参するようにいたします」

「姫様、素直なのは良い事だね。騎士の方たちもそうですよ。隊長格の者しか所持していないとか、想定が甘すぎます。確かに消費期限があるので、高額な上級剤は隊で1個とかになりがちですが、状況に応じて国に経費として出してもらうぐらいしないと、何かあってからでは今回のように間に合わないのです。この隊の価値は解毒剤以下なのですか？　通常時の巡回や警邏《けいら》中に上級剤を持っておく必要はないですが、姫などのような王族や上位貴族の護衛任務とかの場合は、暗殺の可能性も考慮して念のために余分に持っておくべきです」

「そうですね……御二方が持っていなければ2名の精鋭騎士が亡くなるところでした」

「騎竜で運べるので、どのみち俺たちが所持していなかったとしても、助かったとは思いますけどね。それと、皆の手持ちが全くないのは危険ですので、俺のストックから少し差し上げますね」

　姫様・近衛《このえ》騎士長・騎士隊長に上級解毒剤を１本ずつ、兄様には各種回復剤を大量に持たせてあげた。姫には上級回復剤も念のため２本持たせておく。何かあった時、自分で飲めるように持っておくのが一番良いのだ。

「ルーク様は、各種上級剤をいつもこれだけの本数所持しているのですか？」

「いえ……今回はたまたまです」

「嘘ですね……どうしてわたくしに嘘を……悲しいです……」

　何故だか嘘だと断言してきた……適当にはぐらかしたつもりだったのだけど、何故分かったのだろう？

「姫様、ごめん。本当の事は言いたくないので……黙秘します」

「はい。嘘ではなく最初からそう言ってくだされば、無理に聞こうとはいたしません……」

　各種回復剤を俺が作製できると知った者に誘拐とかされたらたまったものじゃない。回復剤はどこの国でも品薄気味で高額で取引されている。下手な事は言いたくない。ルーク君は薬学や回復魔法や錬成魔法を教えてくれた師匠の指示で、父親にすらこの事は教えていないほど慎重だった……知っているのは兄姉と庭師の師匠だけだ。他国でそう簡単に言って良いものではないだろう。

最悪公爵家で監禁される可能性もある……朝から晩まで『国のため』と回復剤を作ることを強要されるのだ。

想像しただけで鬱になりそうだ。

＊　＊　＊

上級解毒剤を飲んで騎士たちの命は救われたが、俺の危機センサーが未だにビンビン反応している。

何か見落としているのか？

『♪　マスター、【周辺探索】の魔法を使ってみてください』

妖精さんに言われた通り、魔法を発動してみる。

自分を中心にした詳細ＭＡＰが網膜上に半透明で現れた。

『おお！　なんか立体的な３Ｄで凄いな！　この赤とか青の光点は何だ？』

『♪　どうやら色で対象を表しているようです。熟練レベルを上げればもっと広範囲に表示できるようになるみたいですね。現在【周辺探索】魔法の熟練度はレベル１で、１㎞が探索範囲のようです。レベル２で２㎞、レベル10が上限で最大10㎞まで調べることが可能のようです』

白：人族（一般通常）

青：パーティーメンバー
緑：フレンド登録されている人が近くにいた場合
黄色：敵意を持っている者
赤：殺気を向けてきている者
紫：魔獣
金色：宝
☠：罠
★：マーキングを入れた者
＊：マーキングを入れた場所

『これマジ凄いぞ！　赤や黄色が集まっている場所以外にも、１カ所赤表示があるな。林に誰かまだいるのか？』

『♪　そのようですね』

『これ……今でも凄いけど、【詳細鑑定】と連動できたらもっと凄いのにな……』

『♪　エッ⁉　マスター！　マスターのイメージで併用可能になりました。林の赤表示をクリックしてみてください』

『マジか⁉　どれどれ……クリックってどうするんだ？』

マウスなんかないのに、クリックとかどうやるんだ？

『♪　思考でクリックできます。詳細に見たい光点に視点を合わせ、詳しく表示するイメージをしていただければ、ゲームなどでカーソルを合わせクリックした時のようなことができます』

林に潜んでいる赤点に視点を合わせ意識してクリックしてみる。

『アサシン！　他にもヤバいのがいたのか。俺の第六感の危機センサーもまんざらじゃないな』

『♪　アッ！　姫を毒矢の弓で狙っています！』

【インベントリ】から即座に盾を出して王女と林に潜む暗殺者の射線上に割り込んだ！

カン！　という盾で矢を弾いた甲高い金属音が響き渡る。

「姫を馬車の中に！　まだ敵がいるみたいです！」

チート3点セット素晴らしい！

女騎士たちが姫を取り囲み、騎士たちは林に向かった。だが、すぐにアサシンは馬に乗って街道に出てきて逃走した。

「チッ！　今からじゃ、追っても追い付けない！」

騎士隊長が口惜《くや》しげに吠えた。

騎士たちの馬は少し離れた場所に固まっている……馬の下に辿《たど》り着くまでにかなり離されるだろう。それから追ったとしても、騎士の重い金属装備よりアサシンの軽い革装備の者を乗せた馬の方が速いだろう。

俺は弓を出して連射で3本射る。既に150ｍほど距離があるが、矢は山なりになって1本目はアサシンの足に、2本目は背中に、3本目は馬の後ろ足付近の尻に当たる。全射命中だ！　馬は尻を射られて飛び跳ね、騎乗者のアサシンを振り落とす。

「「凄い！　この距離で命中させるとは！」」

「バルス！　あいつ捕まえてきて！　殺しちゃダメだよ！　奴は毒を使うから、毒を使えないようにちょっとなら先に痛めつけていいからね」

「クルル～！」

バルスは軽く助走をつけた後飛び上がって、そのままアサシンの下まで滑空し、がっしり爪で体を鷲掴みにした。両腕はひしゃげて、持っていた短剣も落としてしまっている。

バルス……ちょっとやりすぎだ。あれでは肋骨も何本か逝ったかもしれないな。

ちょっとは痛めつけていいと言ったけど……やりすぎだね。でもここでそれを言ってはいけない……。

戻ってきたバルスは褒めてほしそうに、尻尾を振っている。

「バルスありがとう！　お願いどおり殺さず連れてきてくれたね！　偉いぞ～、ほらご褒美だ！」

【インベントリ】からホーンラビットを１匹出してやる。頭に１本長い角のある、体高１ｍほどの大きな兎《うさぎ》の魔獣だ。

「遠慮しないで食べていいんだぞ」

「クルル～～♪」

やっぱドレイクは可愛いな……凄く頭が良く、懐くと愛らしい。

バルスは尻尾をフリフリしながら嬉しそうにホーンラビットを食べている。

「ルーク！　お前バルスをこうやって餌付けしていたな！　俺よりお前に懐いているじゃないか！」

「兄様、それは違います。一番懐いているのは兄様にです。褒めてほしいのも、おやつを貰いたいのも兄様からなのですよ？」

「……おやつはあげているぞ」

「知っていますが少ないです。いくら従魔契約したら、主人から魔力供給を得られるため食事が要らなくなるとしても、嗜好品《しこうひん》は必要です。ストレスの解消にもなるので、休みの日には森に連れて行ってあげて、食べる分だけ自由に狩らせてあげると凄く喜びますよ」

「時々狩りにも連れて行っているぞ」

「ええ、知っています。でも、少ないのです。２週に１度は行ってあげてください。バルスの好物知っていますか？」

「オークだろう？　知っているぞ」

「それは３番目です。こいつはなんとあの臭くて誰も食わないゴブリンが１番好きなのです……２番目は牛です」

「本当かバルス！」

「クウウ～」

「マジか……世話係もまさかそんなものが好きとは思わないよな。ルーク、何で今まで黙っていた？　知っていたらもっと早くにゴブリンを与えてあげられたのに」

「それを言うと、俺が勝手に自分の騎竜と一緒に兄様たちの騎竜を連れ出していたのがばれるじゃないですか。また父様にこっぴどく叱られちゃいます。飼育係にはバルスの好物は伝えてあるので、ゴブリンは食べさせてもらえていたようですよ。それに、そういう事は主人の兄様が気付いてあげるべき事です」

「それもそうだな……」

悠長に騎竜話をしている場合ではない。

未だに嫌な感じが収まらないのだ。周りに他に敵はいない……となるとこいつらが原因だろう。

「さて……この２人……」

俺がアサシンに近寄って行こうとすると、騎士の１人が剣を抜いて俺が捕らえて裸にしていた奴を斬ろうとした。慌ててそいつにドロップキックをして止める。

「何をなさるのです！」

「それはこっちのセリフだ！」

「こいつは同僚を殺したのです！　止めないでください！」

「兄様！」

「了解だ！」

流石兄様だ！　俺が理由を言わなくてもちゃんと分かっている！　兄様の加勢もあり【魔封じの腕輪】で騎士を拘束できた。だけどこれには隊長が驚き反論してくる。

「お待ちください！　何故罪人のように我々の仲間を拘束するのですか⁉　いくら命の恩人とはいえ、この国の騎士として見過ごせません！　奴は殺してもお釣りが出るほどの犯罪者なのですよ！」

「『本気で言っているのか？』」

兄様とハモッた！　兄様は俺と同じ考えのようだね。

「これはどういう事でしょうか？　騎士を拘束した理由を教えてもらえますか？」

お姫様が手を引かれてやってきた……この姫様もか……。

「はい、ミーファ姫。俺たち兄弟は、そのアサシンの2名を盗賊の仲間ではないと考えています……」

「？？？　盗賊ではないと考えた根拠はあるのですか？　どう見ても盗賊としか思えないのですが……」

「その2名の装備品が他の盗賊たちと比べたら高額すぎるのと、暗殺特化で異質です。それに盗賊なら可愛い若い女を絶対殺すような事はしません。これほどの美人さん、飽きるまで犯して散々楽しんだ後に奴隷商に売るのが盗賊のお決まりの行動です」

近衛騎士の女性は皆とても可愛かったのだ……盗賊なら絶対殺すはずがない。

「あの、王子殿下……姫様に聞かせるような話ではございません！　ご自重くださいませ！」

近衛騎士の女性に怒られた……。

「ごめんなさい！　要はですね、盗賊が若くて美人な女を殺すことはまずないのです。例外として、最初から殺すのが目的だった場合です。つまり俺たちは今回の襲撃は盗賊行為のためというより、最初から姫様の暗殺が目的なのではと考えているのです」

「そうですね。おそらくそれが正解でしょう……。でも、なぜこの騎士を拘束する必要が？」

「その騎士の事を暗殺に加担している仲間だと疑っています」

「なっ⁉　俺はこいつらの仲間なんかじゃありません！」

　俺たちに疑われた騎士は必死で無実を訴えてくる。

「この国ではどうなのか知りませんが、公務とはいえ、普通は王族の行動は危険回避のためあまり公に開示されていません。誰かが手引きしないと待ち伏せはできないのです」

「はい。確かにそうですわね」

「そしてこの騎士は盗賊の中で唯一毒を使っていた、この手練《てだ》れの者を真っ先に殺そうとしました。口封じのために殺そうとしたのではないかと疑っています。まともな騎士なら普通は殺さず、先に尋問をしますからね。連れ帰って拷問させないための口封じです」

　騎士は真っ青になった。

「違うのです！　仲間なんかではありません！　愚かな行為だったことは理解しました！　ですが誓って言います！　同僚を殺したこいつらの仲間ではありません！」

「でもね、普通は尋問して喋らなければ、拷問にかけて背後関係を聞き出すものなんだよ。そうしないと、暗殺の指示や依頼をした主犯が捕まらないので、いつまでも狙われる事になるからね。そのために自害させないよう、俺は裸にして【魔封じの腕輪】をわざわざ最初に付けて、後で尋問するために死なない程度に回復までしたんだよ。それを何も聞かないうちに殺そうとしたのだから疑われて当然でしょ？　あなたの無実が証明できるまでは、拘束を解くわけにはいかないよ」

「理由は納得できました……こんな罪人と同じ扱いを受けるなんて……」

泣きながら訴えてくるが……それを証明できるものは何もない……。

＊　＊　＊

俺たち兄弟に暗殺者の仲間と疑われた騎士は、拘束の理由に納得がいったのか大人しくなった。

だが、姫がその騎士の前に赴き一言こうつぶやいた。

「あなたはこの者たちの仲間ですか？」

当然騎士はこう答える……。

「いいえ！　神に誓って違います！」

当たり前だ……そう易々と認める犯罪者なんかいない。

「そうですか！　良かったですわ！　すぐにこの騎士の解放をお願いします。この者は盗賊の仲間ではありません」

俺たち兄弟は顔を見合わせて、『マジか……』という表情をお互いがしているのに気付く。2人で苦笑いをするが……さて、この姫様どうしよう。

「御二方……今、わたくしを残念なものを見るように見ましたね……なんとなく分かるのですよ」

「「いえ、そのような事は……」」

どうやら兄も俺と同じ気持ちのようだ……今回も見事にハモッたね。

「嘘ですね！」

だが姫に嘘だときっぱり言われてしまう……あからさまに顔に出ていたかな？

「「………」」

さすがに気まずい……。

「うふふ、ごめんなさい。わたくしは一級審問官の資格を所持しているのです。なのでわたくしには一切嘘は通じませんの。今回の襲撃も、審問官の公務で赴いた案件が係わっているのだと断言できます」

そう言いながら、姫は【亜空間倉庫】から一級審問官の資格証明書を取り出して俺たちに見せた。

審問官は国家資格とされているが、実はその資格は神が与えた恩恵のユニークスキルの１つだ。

だが、この神の与えたとんでもないユニークスキルは、一切の嘘を暴く代わりに、当の本人も一切嘘を吐《つ》いてはいけないという重い制約が付く。

審問官には一級から三級までの級があり、嘘を見抜く精度が変わってくる。

三級で50%、二級で75%、一級で１００%嘘が分かるらしい。50%なら意味ないのではと思われがちだが、確率的には嘘が2回に１回判別可能なのだ。似た質問を繰り返し、嘘だと判別できた時点で嘘は見抜かれる。はっきり言って審問官にかかれば嘘は一切通用しない。

姫が持つ一級審問官だが……1回問えば100%嘘かどうか判定できる……これはヤバい。

だって100%判別可能という事は、通常時の会話中の嘘まで彼女には全て分かってしまうのだ。神が与えた恩恵なので、彼女の言葉を誰も疑うことはない。当人は嘘を一切吐けないのがこの恩恵の最大の特徴だからだ。彼女が嘘だと言えば、それが真実なのだ……。

だが、このヤバい恩恵は人を遠ざける。

嘘を吐かない人はいないと言って良いだろう。皆、言葉の中に嘘を混ぜて生活している……姫はその嘘を全て暴いてしまう。それを知っている人は誰も姫に近付きたくないはずだ。

特に俺のような秘密が一杯の人間には苦手な人物といえよう。

このスキル……ルーク君の記憶では大国であるヴォルグ王国でも一級審問官はたった5人しかいない。小国であるフォレル王国なら彼女しかいない可能性も高い。この恩恵はそれくらいレアなのだ。幼少時に持っていても、大人に成長するまでに殆《ほとん》どの者は禁忌の嘘を吐いてしまい、神からその恩恵を剥奪されてしまうからだ。

まぁ、そういう事なら騎士を拘束する意味もなくなったので、疑った事を謝って解放した。

「先ほど公務の関係と言っていましたが、姫は暗殺される心当たりがおありなのでしょうか？」

兄様が質問すると、悲しそうな顔で姫は答えた。

「ここから馬車で2日ほどの場所に、侯爵領があるのですが、税の横領を多額にしていると密偵から報告があったそうです。父から依頼を受け、それを調べるために王都から向かっている途中でした。おそらく事前に察知した侯爵家の者が、わたくしを暗殺しようとこの者たちを差し向けたのでしょう。王都から少数精鋭で直接侯爵領に向かっていたのに、どこかで情報が漏れたのでしょうね……」

　う〜ん、そんな事をしても一時凌ぎじゃないか……。

「姫様、あなたを暗殺しても、また違う審問官が行けば同じではないですか？　そんなリスクを冒してまで暗殺を目論《もくろ》むでしょうか？」

「ルーク様、我が国にはそれほど多く審問官はいないのでございます。わたくしを殺せば、次の審問官を手配して赴くまでに少なくても２週間の時が稼げるでしょう……」

「その間に証拠隠滅を企《たくら》んでいると？」

「はい、おそらくそうではないでしょうか。実は侯爵領に内偵の者を送り込んでいまして、その者らが重要参考人として捕らえている者が数名いるのです」

「姫の訪問はその捕らえている参考人らへの査問審議でしたか……」

「はい。参考人として捕らえている者たちを国外に逃がされたりしてしまうと、問い詰める相手がいなくなるのでどうしようもなくなってしまいます。我が手の者の数は少ないですからね……参考人や内偵者の方たちも無事だと良いのですが……」

　姫を襲うぐらいだ、捕縛している者たちが襲われている可能性もあるのか。

「でも、命令していた侯爵自身は残っているわけですよね？　その侯爵自身を直接尋問すればいいのでは？」

「ルーク、確実な物的証拠でもないかぎり、流石に相手が上位貴族の侯爵家ならそう簡単に査問に掛けられないのだ。それに秘密を知っている関係者は国外逃亡というより、既に殺されている可能性が高いな……。それに一級審問官も万能ではないのだぞ。質問したからと言って強制的に質問に対しての返事をさせられるわけではないからな……。のらりくらりととぼける答え方もあるんだよ」

「そうなのですか？　なるほど……黙秘ができるなら明らかに怪しくても、断罪できないのか……面倒ですね」

「下位の貴族なら拷問にでもかけて強制的にでも喋らせるのだけど、上位貴族だとそれもできないしな。でも証拠があるのなら話は違ってくる。証拠を盾に強引にでも拷問にかけられる」

「そこで証拠隠滅の時間稼ぎに姫様暗殺ですか……」

「だな……自領で襲うと流石にあからさまでまずいと思い、こうやって公爵領内で盗賊を装って姫を襲ったのだろう……」

という事で、姫による審問が始まった。

「あなたはこの件について何かご存知ですか？」

「クククッ、俺は金で雇われただけなので何も知らん。残念だったな」

「あらら、事実のようですわね……では、その雇い主について知っている事を教えてください」

「クククッ、さっきも言ったが俺は何も知らないな。考えてみろ……こういう裏の組織が末端の実行担当の者に情報を持たせるはずがないだろう。毎回俺に指示を出している奴の顔すら知らないぞ」

　どうやらこいつへの依頼は、スラムの子供に駄賃を握らせて指示書を渡しているようだ。依頼を出す相手はフードを被《かぶ》っていて、毎回違う子供を使うほど慎重なようで、これ以上調べようがないみたいだ。

「これでは何も情報が引き出せませんわ……困りました」

　普通暗殺者は一切喋らない……身バレしないように声を発する事すら珍しいのに、こいつはニヤケ顔で質問に答えた。

　ヤバい……首筋がゾクゾクして、嫌な感じだ。俺の本能が警告を発し続けている。第六感というやつだ。もしや！

　ある発想が閃《ひらめ》いた瞬間、本能の警告が確信へと変わった！

　奴が少し変な手の動きをしたので、俺は迷わず行動に出た。

「姫様こっちへ！」

　俺は強引に姫を奴から引き離し、そいつの心臓に剣を突き入れた！

「「なっ⁉」」

「ルーク！　お前何をしているのだ！　いくら暗殺犯とはいえ、拘束した無抵抗な奴を……」

　うわ！　めっちゃレベルが上がった！　今はもう兄様とパーティーを解除しているので、単独で経験値が入ったのだ。兄様は抵抗できない人間を殺した俺を諫《いさ》めようとしているが、俺は正しい判断だと思っている。人を殺すことに忌避感はあるが、俺が躊躇ったせいで誰かが傷つくのはあってはならない。

「どうしました⁉　何があったのです？」

うん？　すぐ横で俺が暗殺者を刺殺したのに何を言っているのだろう？

近衛隊の女騎士が姫に説明している……それを聞いた姫の顔が少し険しくなった。

「姫様、ひょっとして目が悪いのですか？」

「はい。全く見えないわけではないのですが、かろうじて人の形が分かる程度です。夜間や薄暗い部屋の中だと何も見えません。そんな事よりルーク様、どうして急にわたくしを引き離して無抵抗な者を殺めたのですか？　先ほどは我が国の騎士をお止になったくらいなのに……訳がおありなのでしょう？」

ちゃんと殺した理由を聞いてくれるあたりあり難い……。

姫様、目が悪いのか……だから手を引かれていたんだね。

全く見えないわけではないようだけど、生活に支障があるほどの弱視みたいだ。

「ルーク、いったいどうしたのだ⁉」

「兄様なら、こいつに何か感じていませんでしたか？」

「……嫌な感じはずっとそいつからしてはいたが……でも、【魔封じの腕輪】を付けたうえ、裸にしてロープで拘束しているのだぞ？　雇い主の事は何も知らないと言っていたが、それでも滞在先や仲間の事など、他に何か有力な情報を聞き出せたかもしれないだろ？」

「捕えてからも、ずっとこいつからは危険な感じが消えませんでした。第六感がずっと警鐘を鳴らしているのです。こういう時は逆らわずにそれに従うべきです。こいつの【亜空間倉庫】の中の物はまだ抜いていなかったのです」

「だがなぁ……」

兄様は拘束中の相手を俺が殺した事に納得がいかないようだ。

「奴が変な手の動きをしたのです。俺もこの腕輪が道具さえあれば結構簡単に外せるという事を思い出したのはつい先ほどなのです……。こいつは【魔封じの腕輪】をこっそり外して、再度姫を襲うのを虎視眈々《こしたんたん》と狙っていたのだと思われます。だから、危険察知がビンビン働くのです」

「ルーク様のおっしゃる言葉に嘘は一切ないですが、全て憶測ですよね？」

「確かに俺の憶測ですけど……。あ！　やっぱり！　ほら、これを見てください！　こいつの片方の腕輪が外れています！」

「ルーク本当か！　うわっ、マジかよ……」

兄様や騎士たちも近寄ってきて確認してくれた。腕輪の片方は外れていて、暗殺者の周囲には【亜空間倉庫】の中に入っていた物が死亡によって全て放出されている。その中には毒の塗られた吹き矢や、投げナイフ、弓矢など様々な武器や暗器があった。

「この吹き矢が姫に放たれていたら、上級解毒剤を飲んでも助からないです。この吹き矢にはデスケロッグという魔獣の即死毒が塗られています」

「最初から外れていたのではなくて、暗殺者が外したのですか？　では、わたくしはルーク様にまた助けられたのですね。でもそれほど簡単に外せてしまうものなのですか？」

う～ん……俺がこれから世話になる国の姫様の好感度が下がるのは回避したいよな～。

いや……正直に言うと、国がどうこうより、こんな可愛い娘に嫌われたくないのだ。

殺した理由を明かしてイメージ回復をしておこう。

暗殺者から【魔封じの腕輪】を取り外し、姫にそれを手渡す。

「姫様、その腕輪が本物かお確かめください」

「あの……さっきまで暗殺者が嵌《は》めていた物ですよね？　疑うまでもなく本物でしょう？　分かり切った事実を確認する意味があるのでしょうか？」

「そうだけど……確かめさせる事に意味があるのですよ。それと、鍵を預かっていてください」

「よく解りませんが、分かりました……」

「隊長さん、この腕輪に鎖を付けて、俺の手を体の後ろ側で鍵をかけてしっかりと拘束してもらえますか？」

皆、俺が何をしたいのか分からず困惑気味だ。

「それならば、私が所持している【魔封じの腕輪】をお使いください」

俺に嵌められていたやつは、俺の魔法を封じていただけなので鎖はついていなかった。

「では、それを使って俺を拘束してもらえますか？　鍵は姫様に預けてくださいね」

どうやらこの国の腕輪も、俺が嵌められていた物と同じ作りだったので問題ないだろう。

全員俺の前に並んで座ってもらい準備は整った。

Ｉｔｓ'　Ｓｈｏｗ　Ｔｉｍｅ！

「皆さんの前で俺は隊長の手によって【魔封じの腕輪】で拘束されています」

だからなんだって顔で俺を見ている。

「今から5秒後に何かが起こりますので、よく俺の方を見ていてください。ではカウントを始めます」

俺は右手を皆の前に見やすいようにあげて、指を折って数えていく。

「5、4、3……」

「アッ！　ルークお前！　それ！」

流石兄様！　彼だけが今のところで気付いたようだ。

「どうしました兄様？　途中で声を掛けたらダメでしょう」

「ジェイル様？　何かお気付きになったのでしょう？　わたくしにも教えてくださいませ」

目の見えない姫が、兄様に質問してしまった。

確かに見えない姫からすれば何をやっているのか分からないので、演出に意味はないか……。

「あ、姫様の肩にごみが付いています……」

そう言いながら姫の肩に手を持っていき、何かを掴む素振りをして【インベントリ】からサッとチューリップの花束を出す。辺境伯領の門のところで花売りの少女が売っていた物だ。このチューリップも野生種なのかもしれないが、あからさまな野花よりは可愛くて良いだろうと思い選択した。

「ゴミではなく、可愛い花でした。どうぞ姫様」

姫に手渡したのだが、未だおかしな事に気付いていないようだ。

「ルークどうやったのだ……姫、ルークのヤツ、【魔封じの腕輪】が付いているはずなのに今さっき皆の前に右手をあげ、指を折って数を数えたのです。それに【亜空間倉庫】から花束を取り出しました」

「エッ？　ルーク様は、今、後ろで手は拘束されていますよね？　そういえば自ら手渡しで花を……あら、このお花、とても良い香りです」

「拘束されていますよ？　ほら……」

「「アッ！？？？　ホントだ⁉」」

そう言って、後ろで腕輪に嵌《はま》っている手をガシャガシャいわせて皆に見せる。

「エッ……でも、さっき指を折ってカウントダウンを……？？？　それに、花が急に出ました」

皆をからかうのは楽しいが、ある意味目の見えない姫に対して可哀想なのでネタばらしをする。

それに暗殺者とはいえ、人を殺したばかりなので……楽しい気分にもなれないしね。

針金でさっと腕輪を外し、皆の前に手を差し出す。

「このように、この【魔封じの腕輪】はちょっとしたコツで簡単に外せるのです……。暗殺者もそういう技術は持っていると思ってください。バカな盗賊と一緒に扱っては長生きできませんよ」

「「そんなに簡単に！」」

「この暗殺者はニヤケ顔で姫を見ていました。姫が不用意に近付いてきたので、腹の中で笑っていたのでしょうね……。射程に姫が入ったら、先ほどこいつが死んで【亜空間倉庫】内から撒き散らかされた中にあった、このデスケロッグの即死毒がたっぷり塗られた針をぷすりと刺すつもりだったのでしょう」

「……ルーク様、ありがとうございます。わたくしは今日1日で3回もあなた様に守っていただきました。本当に感謝いたします」

姫に凄く感謝された。人を殺めたが、姫や騎士たちを守れたので後悔はない。

「暗殺者の恐ろしいところは、個より結果を大事にすることだそうです。任務遂行が絶対で、死を恐れないのではなく、任務失敗は死を意味するのです。失敗すると所属している暗殺ギルドから口封じと見せしめも兼ねて、今度は自分が狙われるのだから必死になると聞きました。大きな仕事ほど大金を得ているので、暗殺ギルドは失敗した者を許さないそうです」

この【魔封じの腕輪】を外す技術はルーク君ではなく俺の技術だ。手品の拘束抜けの演出の時に使う鍵は偽物なのだが、『本物の鍵でできないかな……』と考えた俺は開錠に興味を持ってしまい、独学で練習をして、簡単なものなら開錠できるようになっていたのだ……。

現代の複雑な鍵が外せるのに、中世レベルの安易な鍵が外せないわけない……。見ただけで簡単に外せると思ったのだが、自室で謹慎中の時には外さなかった……禁を破って外したのが父様にバレて本気で殴られたら、マジで死にかねないからね。

＊　＊　＊

「ジェイル様、わたくしは一度公爵領に引き返そうと思っております。先ほど叔父様の部隊がこちらに向かってきてくれているると連絡がありました。それまで御一緒していただけませんか？」

確かに騎士を3名失っているし、到着まで8名じゃ不安だろう。

再度襲撃があるとは思えないが、絶対ないともいえない。

「了承いたしました。ルークもそれで良いな？」

「はい。兄様の判断に従います」

妖精さんから色々聞きたい事があるが、公爵領から騎士が来るまでにやっておくことがある。

殺した盗賊たちから装備品や【亜空間倉庫】から死んでぶちまかれた中身の回収をしないといけない。

今回盗賊の所持品は全て俺にくれるそうだが、碌な物は持っていないだろう。一番価値がありそうなのは、盗賊の乗っていた馬かもしれない。駄馬が多いが、奪って手に入れたのか良馬も数頭交じっていた。さっき俺が弓で射た馬のお尻も矢を抜いて回復魔法でちゃんと治してあげていますよ。アサシンの馬だからと言っても、馬自体に何ら罪はないですしね。

あとは、アサシンが使っていた武器の数々だな。ミスリル製の物が多かったので、これも高値で売れるだろう。

本来投降して生き残った盗賊は犯罪奴隷として売りに出されるのだが、姫を襲ったのだ……。王家が買い取り、公開処刑にするのが通例かな。

投降して一時的に生きながらえたが、こいつらには生き残れる可能性は全くないだろう。

待っているのはきつい拷問のうえ、全て情報を吐いた後の処刑だ。

＊　＊　＊

倒した盗賊たちから使えそうな物は全て剥ぎ取った。

自分で使った矢も勿論回収する。俺の矢は特注品で、1本1万ジェニーもする高級品なのだ。捨て置くわけにはいかない。

盗賊の死体はゾンビ化しないように火葬にするそうだ。

人もそうだが、魔獣も首を落とすか焼却するかしておかないと、周囲の魔素を体内に取り込みすぎた死体はゾンビになることがあるらしい……おっかない世界だ。

死亡した盗賊なのだが、『死人に罪なし』ともいうし、花を供えることにした。

殺した張本人から貰いたくはないだろうけどね――

殺した事を詫びる気や後悔はないが、決して良い気分ではない。

あの花売りの少女から買った花も、枯れる前に役に立って良かった。

兄様と隊長が遺体を集める際に、盗賊の顔を【クリスタルプレート】を出して顔写真として記録に残していた……何しているのだろう？

聞くと後で撮った写真をギルドと衛兵舎で確認し、もし懸賞首がいれば、懸かっていた分の懸賞金が支払われるとの事だった。これほどの大きな盗賊団なら懸賞首が何人かいてもおかしくないと隊長が言っている。確認が取れて精算が終えたら俺にも届けてくれるそうだ。

「盗賊の顔写真を兄様まで撮るのですか？」

「ああ。こういう輩《やから》は国を跨いで我が国でも活動している事も結構多いのだぞ」

大きな仕事の後は、ほとぼりが冷めるまで他国へ移って活動するみたいだ。

例えば今回の姫様暗殺とか、国を挙げて騎士がわんさか出動するだろうし、暗殺成功後には他国に逃げる算段だったのかもしれない。

「隊長、今後の処理で得たお金は、亡くなった騎士たちの家族に分配してあげてください」

俺は盗賊全員からかき集めた現金４２６万ジェニーと装備品で満足したので、それ以外の権利を遺族に譲る気でいる。装備品ははっきり言ってゴミだけどね。

「よ、宜しいのですか？　報奨金、懸賞金や馬を全て精算すれば相当な額になると思われますが……」

「お待ちください！　ルーク様、立派な御心遣いですが、他国の王子にそれをされてしまわれると、我が王家の名が廃ります。殉職者の家族には国から十分な功労金や弔慰金が支払われますし、今回は賞恤金《しょうじゅつきん》も出される事でしょう。この後の処理で得られるお金も、ルーク様の方でお納めくださいませ」

「賞恤金？　初めて聞く言葉です……」

「ルーク、家庭教師の先生が教えてくれただろう……俺と一緒に聞いていたのだから、初めてじゃないぞ」

兄様に冷ややかな目でそう言われてしまったけど、ルーク君の記憶の中にそんな言葉はないんだもん！

「ご、ごめんなさい兄様。寝ていたのか覚えていません……」

「困った奴だな。賞恤金というのは、騎士や衛士が生命の危険を顧みずに職務を遂行し、殉職したり傷害を負ったりした場合、特に功労が認められた時にその勇敢な行為をたたえ、本人か遺族に支給されるお金の事をいうのだ」

「へ～、そういうものもあるのか。だから騎士職は平民にも人気があるのですね」

「そうだ。冒険者は上手くやれば稼げるが、死んでも自己責任で、家族にはなんの補償もないからな。騎士職は安定した収入に、死んだ後も定年退職の予定だった残年数分は遺族に幾らかのお金が支払われるので、残った家族も借金でもない限りお金で困ることはない」

遺族年金のようなものまであるらしい。

「分かりました。姫様、俺がいただくことにします」

「はい。そうしてください。国から別途謝礼が出る案件なのですが、王家のご子息だとまた違ってくるかもしれないですね。その辺はまた後日に……」

「了解しました」

「え～～と、ルーク……今更だが、また腕輪を付けるぞ……」

「エッ⁉　もう逃げませんって！　それに、俺に【魔封じの腕輪】は意味がないと先ほど実践してみせましたよね？」

「うむ、分かってはいるのだが、父様の勅命では守らないわけにはいかないのだ……許せ！」

「兄様……姫様たちがいるのに……いくらなんでも酷すぎやしませんか？　これって我が国の恥ですよ……」

「すまない！　それと、もう1つあるのだ。……これは、他国へ嫁ぐ際の規則なのだが、【フレンドリスト】は一度全て消去しないといけない」

「そういえばそういう規則がありましたね。それは知っていました……。可哀想な制度だなって思っていましたが、まさか俺自身が体験するとは思っていなかったです」

他国から招く留学生や嫁や婿になる者は、間者《スパイ》の可能性があるので、メールやコール機能で他国に情報をリアルタイムで流させないようにするために、一度フレンドリストを全て消す決まりがあるのだ。

今回のような政治的な政略結婚もその対象だ。

友達のいないルーク君のフレンドリストに殆ど名前はない。それでも兄妹と連絡ができなくなるのは辛いものがある。可愛い妹や元婚約者の顔が脳裏に浮かぶ……ハァ、今更だな……。

兄様の見ている前で【クリスタルプレート】を出して、フレンドリスト内を全て消去した。

「あの、ルーク様……わたくしとフレンド登録していただけませんでしょうか？」

傍らで聞いていた姫様が声を掛けてきた……優しい心遣いだ……。おそらく空になったフレンドリストを見て、俺が消沈していると思っての気遣いだろう。フレンドリストの登録は、両者の同意の下でないと成立しない。しかも赤外線通信のように、ある程度近距離でないと同意画面が出ないのだ。

「姫様、お心遣いありがとうございます。俺のフレンド登録第1号が姫様で光栄です」

「まぁ！　嘘ではないようです！　わたくしもそう言っていただけると嬉しいですわ♪」

そう言えばこの人に嘘は吐けないんだった。

彼女もフレンドリストの名前は少なそうだ……嘘吐けない相手……普通は敬遠するだろうしね。

『♪　マスター……また、腕輪を付けられるのですね』

『あ！　妖精さん！　色々聞きたい事やステータスで見ておきたいこともあったのに！』

『♪　仕方がないです。公爵家に着けば流石に解放してくださるでしょう……』

妖精さんに聞きたい事も沢山あるのだが、兄様にすぐに腕輪を嵌められてしまった。

「あの……フレンドリストの消去が規則なのはわたくしも存じています。ですが、ルーク様は何故【魔封じの腕輪】を嵌められているのでしょう？」

姫様が当然のように兄様に質問してきた。

「兄様……言わないでほしいです……」

「だが、流石に言わないとおかしいだろ。本当なら誰にもこの事は見せることなく、公爵領の門に着く前に解放する予定だったのだ……」

辺境伯領の門番の前では、腕輪の上にお洒落《しゃれ》っぽく布を巻いて上手く隠していた。

本来誰にも見せる気はなかったのだ。

「ですが……もういいです！」

俺は不貞腐《ふてくさ》れた……馬鹿ルークのせいでまた恥をかく事になった！

「こいつは、気に入らないとすぐに逃げるのです。なので、こいつを公爵家に引き渡すまでは腕輪を外すなと父から命令されています。今回は我が父が王の勅命として言った厳命なので、逆らうわけにもいきません」

「えっ、逃げるのですか？　ふふふっ、国王自らのご命令とは、ルーク様は随分信用がないのですね？」

「まぁ、何度も俺は家出しましたからね……父は俺の事を一切信用していませんね。あはは」

「笑い事ではないだろ……俺、帰ったらきっと怒られるな。引き渡す婿に腕輪を付けて連れて行ったのが相手国にバレたとか、どう報告書を書いたらいいものやら……」

「腕輪護送がいるような俺を婚約者として選んだ父様が悪いのですよ……この国から散々クレームを言われて後悔すればいいのです」

「うふふ……面白いお方♪」

姫に笑われてしまった……でも笑顔めっちゃ可愛いな〜。

腕輪で行動を制限するほどの問題児を嫁がせた証拠になりますからね。相手国は良い気分ではないでしょう。

兄様もお気の毒様。

間もなくして公爵領の騎士たちが到着した――

到着した騎士は3パーティー21名なのだが、全員が俺の事をめっちゃ睨んでいる！　何で⁉

第６話　俺の婚約相手は騎士たちからめっちゃ慕われているようです

公爵家の精鋭騎士が21名到着した。

だが、俺の事を全員がめっちゃ睨んでくる！　何で⁉

あ！　そうか……腕輪をしているから、姫様を狙った盗賊の仲間と思われているのかな？

早めに誤解を解いておこう。

【魔封じの腕輪】をしていますが、俺は盗賊の仲間ではないですよ。ほら、鎖は付いていないでしょ？」

兄様が名乗って俺を皆に紹介したのだが、変わらず睨んでくる……エ〜〜ッ何で？

「兄様……騎士たちが全員めっちゃ睨んでくるのですが、何故でしょう？」

俺はわざと騎士たちに聞こえるぐらいの声量で兄様に質問した。

「お前のそういう図太さにはいつもながら感心するよ。俺ならこれほど手練れの精鋭に威圧されたら、委縮してしまうけどな。だが、このまま黙っているのも我が王家の名に傷がつくな……」

「家名とかより、俺は理由が知りたいですね。今日初めて会った奴らに殺気を向けられるのはちょっと納得できないです」

「お前たち！　どういう了見で我が弟を威圧する⁉　中には殺気まで放っている輩までいるのはどういうつもりだ！　事と次第では不敬罪の対象にするが、分かってやっているのか！」

兄の威厳のこもった恫喝《どうかつ》で、さっと皆の視線が下を向いた。

王族に対する不敬罪……兄様は威厳たっぷりにこの場で首を落とすと言い放ったのだ。俺は腐っても王家の子息だからね。

「兄様、逆に相手がビビッてしまっているじゃないですか……。正直俺もさっきの兄様の方が騎士たちより遥かに怖いです」

一連の様子を見ていた姫が騎士たちに語りかけた。

「どういう事でしょう？　ゆくゆくはあなたたちの主君となられるお方かもしれないのに……。公爵領の精鋭騎士たちがどうしてこのような事を？　今はまだ婚約前の大事な主国のお客人です。そのような無礼を働いたとあっては、あなたたちの首だけではすみませぬよ？　主国の王家の者にあからさまに意図して殺気を向けるなど、あなたたちの主であるわたくしの叔父様に責が及んでも文句が言えない暴挙です」

「姫殿下、申し訳ありませんでした！」

「わたくしに謝られてどうするのですか？　謝る相手が違うでしょう」

「「ルーク殿下、大変失礼いたしました……どうかご容赦くださいませ」」

公爵家の騎士全員で頭を下げて謝ってきた。

「別に謝意のない者から、形だけの謝罪をされても意味はないでしょう？」

「コラッ、ルーク！　お前という奴は！　こういう場合は分かっていても『謝罪をお受けします』と言うものだ！　物事には潮時というものがある……振り上げた剣を納める機会を与えなければ、もう戦うしかなくなってしまう。それに、後々お前がかの地で気まずくなるのだぞ」

兄様の言う事は間違いないいんだけど――

「ですが兄様。意味のない謝罪を受け取ってもなんの解決にもならないでしょう？　それより俺は理由が知りたいですね。姫様、協力してもらえないでしょうか？」

「分かりました……。パイル隊長、ルーク様が全員がとおっしゃっていましたが、騎士全員が総意の上でルーク様に思うところがおありなのですね？」

「いえ、そのような事は……」

「嘘ですね……公爵領の者ならわたくしのユニークスキルの事はご存知でしょう？　嘘は許しませぬ。次、嘘を吐いたら王家への忠誠を疑いますよ……」

王族の姫に嘘を吐くとか……この国の騎士ならそう言われても仕方がないだろう。パイル隊長という人は苦虫を噛《か》み潰したような顔になっている。

「……我が領内の騎士たちは、皆、エミリア様の事をお慕いしているのでございます……」

一度大きく溜息をつき、観念したように答えたのだが……ハァ？　お慕いしている？　好きって事？　恋敵が来たから睨んでいたの？

「エミリアって、ひょっとして俺の婚約者になる人の名前かな？」

うわっ！　最初の3倍ほど殺気を込めて、めっちゃ睨まれた！

「ルーク殿下は、自分の婚約者のお相手の名前すらご存知ないのか!?　おいたわしや、エミリア様が気の毒で腹立たしい……」

そういうことか……でもね～、俺にも言い分はある――

「だって昨晩急に婿に出すとか言われて、今朝は朝食も食べさせてもらえないまま、有無を言わさず寝起きに連れてこられたのです……。ほら、俺が逃げないように【魔封じの腕輪】まで付けられているのですよ。お相手が公爵家のご令嬢という事しか俺は聞かされていません」

俺の【魔封じの腕輪】を見て、騎士たちは唖然《あぜん》とした顔をしている。

「では、ルーク殿下は望んで来られたのではないのですか？」

「う～ん、そうですね。どういう経緯でこういう事になったのかも聞かされていないですし……。ですが、貴族の婚姻とはこういうものでしょう？　家格が高いほど本人に選択権はあまりないと思っています。国のため、家のため、領民のためですね……」

とは言ったものの、俺はそんな事、これっぽっちも思っていない。親の決めた相手と強制結婚とか、現代人の俺からすれば冗談じゃない！

「ルーク様……？」

あっ！　姫様にバレた！　嘘発見器のあなたがいたの忘れていたよ――

「結局ここにいる騎士たちは、急に降って湧いた恋敵ができたと嫉妬で俺の事を睨んでいたのかな？」

姫に突っ込まれる前に話題を変えてごまかそう！

「そ、そうではありません……。お慕いはしていても、身分違いだという事は皆わきまえているつもりです。今回の婚約は時期公爵家の当主、この領地の領主、あるいはお世継ぎを選ぶとても大事な婚姻です。そこのジェイル殿下なら誰１人文句は言わないでしょう……。ですがルーク殿下の噂は色々この国にも沢山伝わってきているのです……話半分で、皆笑って聞いていたのですが、実際あなた様を拝見して、噂以上に太られた『オークプリンス』でしたので……エミリア様が不憫《ふびん》で……」

「パイル隊長！　少し言葉を選びなさい！」

「ですが姫殿下に嘘を言っても……今度はあなた様に忠誠を疑われてしまいます……」

これは大誤算だ……。

何で隣国に俺の事が知れ渡っているの⁉

「どうして皆が俺の事を知っているの？」

これには姫が答えてくれた。

「ルーク様……ヴォルグ王国から定期的に吟遊詩人がやってきて、あなた様の事を面白おかしく語ってくれるのです。わたくしも何度かお聴きしたことがございますのよ……。話半分で皆聞いていますが、とても御冗談のような笑えるお話ばかりでした」

「ルークは王家の者です！　その吟遊詩人をこの国では処罰しないのですか⁉」

兄様が庇ってくれるが、分かったからもう止めて……。

『オークプリンス』伝説がこの国にまで轟《とどろ》いているとは思ってもいなかった。

「その者らは『ルーク様が』とは一言も言いませせぬ。勿論『王家のご子息』だとも言いませせぬ。ただ、とある大国の『オークプリンス』という方のお話だと……」

「それって名前を出さなくても俺の事だよね！　兄様！　この国にも俺の事が知れ渡っているみたいです！　俺、このままヴォルグ王国に帰ってもいいでしょうか？」

「それは無理だ……俺が父様に怒られてしまう。お前がやらかしたことは自業自得だろ。諦めろ……」

正直色々もう嫌になっている……。

自国では色々ルーク君がやらかしていて居辛いと思い、俺を知らない隣国で再起をかける腹積もりだったのだが、完全に当てが外れてしまった。

唯一の救いが、俺の婚約者は騎士たちから絶大に慕われるほどの好人物だという事だ。もし相手が陰険な女子とかだったら他国で俺の居場所がなくなって、最悪の生活環境だっただろう。

腹立たしい事に、何人かの吟遊詩人が俺をネタにこの国で面白おかしく吹聴しているらしく、『オークプリンス』の噂はこの国でも広まっているようなのだ。いっそのことこのまま逃げ出そうかとも考えたが、ルーク君が勉強嫌いだったせいで、統合した俺の記憶の知識も乏しいのだ。

この世界の事を知らないまま旅に出るのは、レベルの低い今は危険すぎる。

それに、今逃げ出すと兄様に迷惑がかかってしまう……父様の目論見通り、兄様が俺の足枷にちゃんとなっているようだ。

今回はドレイクの機動力や兄様との連携で盗賊どもを倒せたが、俺１人が街道で出会ったのならあっさり殺されていただろう。もっとこの世界の情報を収集し、知識と実力を付けてからでないと、邪神討伐に向かう前に死んでしまう可能性が高い。

暫く騎士学校に通い、情報を収集し基礎体力をつけようと思う……。この体じゃ邪神どころかオークにすら負けかねない……。豚の魔獣のオークは、今の俺と似たような体型だが、向こうはがっしりしていて、相撲取りのように筋肉の上に脂肪を纏っている。だが、俺が纏っているのは全て脂肪だ……。腹筋ができないほど脂肪の重りを体に纏っているのだ。痩せない事には話にならない。

とりあえず公爵家へ向かおう……そしてダイエットだ！

＊　＊　＊

「ルーク様、宜しければわたくしの馬車で一緒に向かいませんか？」

姫の馬車で？

「う～ん、でも……」

姫と御付きの近衛騎士が3名乗るんだよな……こんな美しい女子ばかりだと緊張する……。

俺が悩んでいたら、兄様が話に割って入ってきた。

「ルーク、そうするといいだろう。姫様たちから馬車で移動中にこの国の事や、婚約者の事など色々話が聞けるのではないか？」

「そうですね……」

「でも逃げるなよ？」

「だから逃げませんって！」

馬車に乗り込んだのは、姫と俺が傷を診た近衛騎士の2名だけだった。他の近衛騎士は騎乗して馬車を両サイドからはさんで護衛するようだ。

姫の馬車に乗り込み、公爵家に向かって1時間が経つ。

失敗した……姫の質問攻めが酷いのだ。

目が悪い事や、嘘を見破ってしまうという特性もあって、あまりお茶会のような社交の場には参加していないようで、ちょっとした話題でも喜んで食いついてくるのだ。

貴族の御婦人たちのお茶会など、見栄や大袈裟《おおげさ》に話を盛ったような会話がメインだろうから、姫が呼ばれないのも何となく想像がつく。

話をしているうちに分かったのは、俺が診察した女性は近衛騎士ではなく姫専属の侍女だったということだ。

「じゃあ、近衛じゃなく普通の侍女だったのですか？」

「戦闘侍女ですので普通の侍女とはいえないかもです。外で並走している2名の近衛騎士とは仲は凄く良いですが、所属が違いますね」

彼女の名はエリカ・D・フランシス16歳、フランシス伯爵家の次女だそうだ。

普通ならこの春に騎士学校に通うはずなのだろうが、幼少時より姫の遊び相手だった事もあって、そのまま戦闘侍女として仕える事を選んだのだそうだ。

姫には嘘は吐けないし見破られるという事もあって、姫の侍女は結構限られた者しかなれないのだろうと思う。

　この娘にも命の恩人だと何度もお礼を言われた。

　更に話を聞いていると、俺の婚約者は男性恐怖症なのだそうだ……。だからお見合い的な意味もあるダンスパーティーなどのような社交の場には一切参加してないらしい。

　そんな体質で学校なんかに通って大丈夫なのかと思ったが、御付きの侍女が男子を完全にシャットアウトしているそうだ。

「わたくしは目が悪いので騎士学校に通う事を断念しましたが、彼女は勇気を出して騎士学校行きを希望し、見事首席で魔法科に合格いたしましたのよ。最初の数日間は、公爵家に取り入ろうと寄ってくる輩が多くて大変だったと言っていました」

　従妹《いとこ》という事もあって彼女と仲は良いようで、結構話をするみたいだ。

　目が悪いのと男性恐怖症とでは、目が悪い方がより制限がかかってしまう。

　黒板、教科書、試験問題……字が読めないのではどうしようもない事の方が多い……男性恐怖症は男に近付きさえしなければ勉強に支障なく学校生活は送れる。

「でも、そんな相手に結婚話とか……無理な話ではないですか？」

「はい……お父様がこの婚約に乗り気で話を進めたそうですが、何をお考えなのでしょう？」

　婚約自体がダミーで、他に何か意図があるのか？

　まさか回復剤作製の事がばれていて、俺を監禁して延々と回復剤だけ作らせるために呼び寄せたとか？　……いや、ないな。回復剤の事は神殿関係者の数名と、兄姉と身分を隠した庭師の師匠だけなのだ。それにいくら上級回復剤が貴重だとしても、大国の王子を軟禁してやるほどの事でもない。

それにしても、この馬車……結構揺れる。王家の馬車なので物は良いはずなのに、それでも揺れが酷いのだ。

＊　＊　＊

姫の質問攻めが落ち着いて外を眺めていたら、あるフレーズが頭をよぎった――

「ある国の豚王子～♪　悪戯しすぎて　呆れられ～♪

箱馬車に乗せられて～♪

姫様に見張られて～♪　隣国へ続く道～♪

ゴトゴト～♪　ゴトゴトと連れられて行く～♪

ゴトゴト～♪　ゴトゴト～あと少し～……はぁ～」

場を和ませようとオリジナル曲を作って歌ってみたものの、虚しくなって最後は溜息が出た。

「うふふっ……ルーク様、その歌はなんですか？　わたくしは見張ってなどいませんわよ……うふふっ。確かにあと少しで着いちゃいますが、それほどこの縁談がお嫌なのですか？」

姫と侍女のエリカさんに可愛くクスクス笑われた。

「姫にごまかしは通用しないようなので正直に言いますが、親の決めた縁談なんて真っ平ですね。

できれば自分で好きな娘を探して娶りたいものです。姫も本心はそうではないのですか？」

彼女は17歳……騎士学校に通わないのであれば、すぐに結婚してもおかしくない年齢だ。

「そうですね……でも、わたくしは生まれつき目が悪いので贅沢《ぜいたく》は言えませんわ……。それに一級審問官という神よりの特殊な恩恵を得ているので、父がそう簡単に手放すとも思えません」

「ああ、それもそうですね。逆に嫁に欲しいという奴は、その能力欲しさを怪しんだ方が良いぐらいです」

「その辺は一言わたくしが問いただせば分かりますので心配はないのですが……そういう意味では、誰もわたくしなど煙たがってもらってくれないでしょうね……」

「そうかな？　嘘さえ吐かなきゃ良い訳だし……姫ぐらい可愛かったら、それを差し引いても十分魅力的だと思いますけどね」

「ルーク様、それは本当でございますか!?」

あ、しまった！　嘘吐けないんだった！

「はい。姫はとっても可愛いですよ」

嘘吐けないので正直に言いました！

「嘘じゃないですわ！　わ、わたくし、嬉しいです♪」

あらら……顔が真っ赤になって……。

なにこの娘、マジで可愛い！

思ったほど緊張する事もなく、可愛い姫と侍女と俺の３人で楽しく公爵家まで向かう事ができた。姫には嘘が吐けないので俺にとっては天敵かと思ったが、いらぬ心配だったようだ。だって異世界があるとか、それすら知らないのに『あなたは異世界人ですか？』なんて質問が起こりえるはずもなく、心配する必要さえなかったのだ。

それにしてもよく笑う姫様だ……『うふふっ』と上品に笑う笑顔が実に可愛い。

ドレイクだと10分の距離を、馬車で2時間ほどかけて公爵領に到着した。

あ～～嫌だな……凄く緊張してきた。

「ルーク様の緊張が伝わってきますわ……」

「あはは、姫にばれてしまいました。思っていたより結構大きな街ですね？　小国と聞いていましたが、我が国の公爵領の商都と比べても大差なさそうです」

「そうですの？　見えないので大きさは分かりませんが、この公爵領は我が国でも3番目に栄えている商都ですので、大きいのかもしれませんわね」

馬車から見えるこの商都の外壁は1km以上ありそうに見えた。1辺が1kmの城壁だと中の人口はかなりの数だろうと思う。数万人はいるのではないだろうか。

この世界には危険な魔獣がいるので、こうやって高い外壁で街を囲って中に魔獣が進入できないようにしているのだ。

街の中心には神殿があって、そこに【結界石】が安置されている。

この【結界石】は神が与えてくれた恩恵の1つだ。神殿を建て、その場所が村や町と神に認められれば、神殿内の設置場所に魔獣を寄せ付けなくする【結界石】を授けてくれるのだ。

この【結界石】は魔獣の体の中に必ずある【魔石】と反応するらしく、魔獣はその反応が凄く不快で苦痛を伴うそうなのだ。大きな【魔石】にはより強く反応するらしく、つまり強い魔獣ほど大きな【魔石】を持っているので、【結界石】のある場所は安全という事だ。

必然的に城壁に囲われた【結界石】のある安全な村や町に人は集まってくる。それ以外では魔獣に襲われるから当然だよね。

兄様は既に城門前に降り立って、門番に騎竜を預けたようだ。

兄様と合流し、例の腕輪をやっと外してもらえた。

門内に公爵家の馬車が用意してあったので俺と兄様はそちらに乗り込む。姫は俺にそのままこっちにいてくれと言ってきたがそうもいかないだろう……俺のたわいもない話でも、姫にとっては退屈凌ぎになったようだ。

移動中に目を閉じて、気になっている事を聞くために妖精さんに念話を送る。

『妖精さん！　俺の助けようとした子供はどうなったか知らない？』

『♪　申し訳ありません。私には向こうの世界の事まで分からないのです。できるだけ早く神殿に来てくれと女神様から言伝を頼まれています。その時色々詳細に話してくださるそうです』

『そっか……何か知っておいた方が良い事とかある？』

『♪　私の今の状態は仮みたいです。喋り方も女神様が作製時に覗いたＭＭＯのままのようですね。正式に召喚されるまでに私の名前を考えておいてください。ずっと「妖精さん」と呼ばれるのは嫌です』

『名前か～、分かった考えておくよ。その召喚っていつされるの？』

『♪　当初の予定ではヴォルグ王国の神殿で行う予定だったようなのですが……私も詳しくは知らないのです』

『分かった……また後で話そう。どうやら公爵の屋敷に着いたみたいだ』

『♪　了解しました』

馬車の扉が開かれその場に降り立つと、姫様と侍女が既にいて、ルークの父様と同じくらいの年齢の厳《いか》ついおっさんが傍らに立っていた。

うわ～この人がお義父《とう》さん？

ないわ～……ルークの父様よりおっかない顔をしている。

「両殿下、遠路はるばるようこそおいでくださった。私がフォレスト公爵家当主、ガイル・B・フォレストだ。先に我が姪《めい》の命を救ってくれたことの礼を御二方に言わせてもらいたい。我が可愛い姪が危ない所を助勢していただき感謝する。数分遅ければ危なかったと騎士たちから報告を受けている。本当にありがとう」

『妖精さん？　王子より公爵位の方が格上なのかな？　俺の知識では王族の方が上だったと思うのだけど』

『♪　厳密には現王子の方が格上ですが、公爵も元王子だった者です。ジェイルは王位を継げば国王になる存在ですが、現時点では確実に王位を継ぐとは限りません。王位を継がなかった兄妹には一般的に公爵位が与えられますが、それも確実ではありません。現にマスターには「公爵位はやれん」と御父君がおっしゃられていましたよね。この先どうなるか分からない今の時点では、一般的に年上のフォレスト公爵の方を立てて、格上として対応した方が良いです。ですから言葉遣いには気を付けてくださいね』

『了解だ。アドバイスありがとう』

「当然の事をしたまでです。私はジェイル・Ａ・ヴォルグ、ヴォルグ王家の第一王子です。そして――」

「あ～、済まぬが自己紹介は屋敷の中で行おう。我が娘たちの紹介もあるので二度手間になってしまう……」

俺が挨拶しようとしたのを途中で遮り、屋敷に通されたのだが……20名ほどの侍女と執事が玄関ホールで整列して待機していた。俺たちへの歓迎の意のようだね……大国の王子２人なので最大級のおもてなしだろう。

流石公爵家……執事や侍女も、皆、美男美女ばかりだ。

「ルーク……頼むから、彼女たちのお風呂や着替えを覗くなよ」

俺が侍女たちを見ていたのを兄様に目ざとく見つかり、俺にだけ聞こえる程度の声量で伝えてきた。

『それやったの俺じゃないから！』と言いたい。

この屋敷でそんな事やったら、あのおっかなそうなおっさんに殴り殺されるかもしれない……まぁ、そもそも俺はルーク君と違い、覗きなんてしないけどね。

年配の執事長と侍女長とだけ挨拶を交わし、奥の談話室に入った。

中には2人の女の子が待っていた……この娘が俺の婚約者なのかな？

俺と同い年くらいの気の強そうな猫目の美少女だ。

でも、俺をきつめの猫目で睨んでくる……あまり歓迎されていないようだ。

もう1人は妹のチルルと同じくらいだろうか？　猫目の子の後ろに隠れて、顔を少し覗かせてこちらを見ている……可愛い。

「改めて自己紹介をしよう。私がこの公爵領の当主、ガイル・B・フォレストだ。そしてこの子が次女の――――」

「フォレスト家次女のアンナと申します」

次女でアンナちゃんという名前なら、猫目のこの娘は俺の婚約者ではないね。

そもそも男性恐怖症なら、俺をあれほど睨んだりはできないか……。

「そして、この子が末っ子の――――」

「ララです……」

名乗った後にまた姉のアンナちゃんの後ろに隠れてしまった……可愛い。

「ララ、ちゃんと挨拶しなさい。申し訳ない、人見知りでまともな挨拶もできない……お恥ずかしい限りだ」

公爵は躾《しつけ》の事を言っているのかな……確かに6、7歳で公爵家の娘ならもっとちゃんとした挨拶をしていてもおかしくはない。妹のチルルならもっと元気に完璧な挨拶ができる。

　肝心の俺のお相手がいないようだけど……。

「長女のエミリアは現在王都の騎士学校に行っていて今日はいない。丁度学校は中間試験中で、どうしても呼べなかったのだ。それと、妻は体調が悪く挨拶には来られない。人にうつる病のようでな……申し訳ない」

　俺が周りをキョロキョロ見回していたのに気付き、公爵は婚約者がこの場にいない事を説明してくれた。

『♪　マスター、どうも、奥方はマスターの世界でいうところの結核のようですね』

『そうなのか？　俺の世界じゃ結核は治る病だったけど、この世界ではどうなんだ？　魔法がある世界なので問題ないのかな？』

　ルーク君の記憶では、治らない病と覚えているけど……どうなのだろう？

『♪　いえ……不治の病として隔離されているようです。どうもこの国では結核が蔓延《まんえん》しているようですね』

　日本でも何十年前までは不治の病として恐れられていた。

　新選組の沖田総司の病が結核だったとして有名だよね……当時は労咳《ろうがい》と言われていた病だ。

　流浪の剣士の某漫画を読んだ時に、沖田総司が患っていたとなっていて、以前ネットでどんな病なのか詳しく調べたんだよね……。

「そうですか……早く治るといいですね。私はジェイル・Ａ・ヴォルグ、ヴォルグ王家の第一王子です。そして――――」

「三男のルークです」

「本当に豚なのね……お姉様、御可哀想……」

「アンナ！」

ゴンッ！

「いったぁ〜！」

うわ〜、アンナちゃん……思いっ切りお父さんにげんこつされた！

でも初対面でそれは失礼すぎる……公爵令嬢としてお父さんに叱られて当然だね。

「娘たちの躾がなってなくて申し訳ない……」

「まぁ、それはお互い様という事で……あはは」

兄様……それはどういう意味かな？

アンナちゃんは涙目だが、それでもまだ俺を睨んでくる……君に何もしていないのに、そんなに睨まないでほしいな〜。

簡単な自己紹介を終えたら、公爵が済まなそうに席を立った。

「到着早々に申し訳ないが、ジェイル殿とミーファには、今から少し尋問に立ち会ってもらいたい」

連れてきた盗賊たちを尋問し、至急調書を作成する必要があるみたいだ。

「分かりましたわ。少し前にお父様が直接侯爵領に騎竜隊を使って向かわれたと連絡がありました……お急ぎなのですね？」

「うむ。兄上もまさか精鋭騎士を護衛に伴ったミーファを襲うと思っていなかったらしくてな……今回の件の事をかなり怒っている。直接出向いて自ら侯爵の首をはねる気のようだ」

侯爵も終わったな……脱税だけなら財産の没収と爵位剥奪程度で済んだものを……姫暗殺ともなったら死罪は確定だろう。

「ジェイル殿、疲れているとは思うが、今からよろしいか？」

「ええ、俺の方は大丈夫です」

「ではルーク殿はここでアンナたちの相手をして待っていてもらえるかな？」

「「えっ⁉」」

俺だけじゃなく、アンナちゃんまで「えっ⁉」って言った！

お義父さん……この娘と残されるのはきついのですが……めっちゃ俺の事睨んでいるのですが！　空気読んでほしいんですけど！

『♪　ガイル公爵はあえてアンナとララと3人だけにする気のようですね……。残されたマスターが、自分がいなくなった時に彼女たちにどのような態度をとるのか見極める気のようです』

『え～～！　気まずいの分かっていてやってんの？　性質《たち》悪いおっさんだな……』

『♪　王の命とはいえ、可愛い我が娘と結婚させる相手ですからね……。噂通りのクズ男なら突き返す気満々なようです』

確かにこの娘も可愛い……噂通りの男なら、失礼な態度をとるって思っているのだろう。妖精さんの言っている事は納得できたが、試されるのはごめんんだ。

それにルーク君も初対面の女子にいきなり失礼な事なんかしたことない。あくまで俺の陰口を言う関係者の御息女限定だ……。

「襲撃の際の状況は騎士たちから聞いたので、全員から聞く必要はない。そちらの代表としてジェイル殿１人いればよいしな。ミーファは審問官として立ち会ってもらう」

「分かりました……俺はここで待っています……」

「エリカをここに置いて行きますので、侍女としてお使いください」

「はい。私がお茶をお淹《い》れしますね」

ミーファ姫が俺に気を利かせてくれて、先ほど馬車の中でいくらか仲良くなったエリカちゃんを置いて行ってくれるみたいだ……これで少しは間が持つだろう。

『♪　どうやらそれだけではないようですが……』

『姫がエリカちゃんを残してくれたのは、アンナちゃんと一緒じゃ気まずそうな俺を気遣ってくれたのではないって事？』

『♪　概《おおむ》ねそれで合っていますが……マスターはお気になさらないで良いかなと……』

教えてくれないのなら、意味深なつぶやきは止めてほしい……気になるじゃないか！

「尋問の間に風呂の準備をさせておく。その後に歓迎の宴《うたげ》を開催する予定になっている。慌ただしくて申し訳ないな」

「いえ、了解しました」

そういえばこの世界に来てからまだ風呂に入ってない……【クリーン】という浄化魔法を掛け

てもらってはいたが、風呂好きな日本人としては早く入りたいものだ。

＊　＊　＊

公爵家の侍女ではなく、エリカちゃんがお茶を淹れてくれて、兄様たちが尋問から帰ってくるまで応接室で待機しているのだが……非常に気まずい……。

ララちゃんは席を立ってアンナちゃんの席の後ろに隠れてこっちを見ている。

アンナちゃんは俺の事をじ～と睨んだままで、一切口を開こうとはしない。

エリカちゃんも流石に居辛そうにしている。

はぁ～、気まずい……。

俺は【インベントリ】から妹のチルル用に作っておいた折り紙を取り出す。

ララちゃんに見えるようにし、鶴を1羽折ってみた。

「ルーク様、それは何でしょうか？」

ララちゃんよりエリカちゃんが食い付いてきた……アンナちゃんもこれには興味津々だ。

「ワイバーン！」

お！　ララちゃんがアンナちゃんの後ろから顔を出して、鶴をワイバーンって言った。

「ドレイクじゃないかしら？　こいつ、元竜騎士だって聞いたわ。大事な竜を死なせたらしいけどね」

アンナちゃんにこいつ呼ばわりされた！

「お姉様、ドレイクより首が細いから、これはワイバーンだよ」

ララちゃんは俺の方を見て『ワイバーンだよね？』みたいな顔をしてきた。

鶴だよとは言わないで、２羽目を折る……子供の気を引くのは簡単だ。

「ララちゃんも作ってみる？」

「……」

首を横に振って拒否られた……まだ警戒されているようだ。

３羽目を折って、ちょっと変化を与えてみる。

「さて……これはまだ命が宿ってないので、今から命を吹き込むね」

「ばっかじゃないの⁉　ただの紙じゃない！」

アンナめ！　いちいち棘《とげ》のある言い方しやがって！

鶴のお腹の部分に息を吹き込んで膨らませる。そして生活魔法の【ライト】で中に小さな灯りをともし、【フロート】の魔法で宙に浮かせる！

「わぁ！　ワイバーンがお空を飛んだ！」

３羽とも【フロート】を操ってララちゃんの周りを浮遊させる……ララちゃん大興奮だ！

流石にアンナちゃんも、３羽の鶴が光を灯《とも》した幻想的な光景に驚いているみたいだ。

「お兄ちゃん、ララも作りたい！」

「いいよ。一緒にワイバーンを作ろうね」

「やっぱりワイバーンなんだね！」

ララちゃんはドヤ顔で得意げだ！

まぁ、鶴よりこの形はワイバーンの方が似ているしね。この世界ではワイバーンでいいだろう。

ちなみにワイバーンは竜種ではない。鳥種の魔獣の中では大きくて強い種だが、所詮は鳥だ
……騎乗用に飼育もされているがあまり賢くないので、事故も起こる危険な乗り物だ。

すぐにワイバーンの折り方をマスターしたので、カエルさんも教えてあげた。お尻の部分を指
で弾くとぴょんぴょんと跳ねる仕組みのやつだ。

「ぴょん！　ぴょん！」

ララちゃんはカエルを指で弾いて楽しげに遊んでくれている。

アンナちゃんも楽しそうに遊んでいる妹を眺めて、俺への睨みもなくなった……その横でエリ
カちゃんも微笑《ほほえ》ましそうな目でララちゃんを見ている。

クレヨンがあったら緑で塗ってもっと良いものが作れるのに……残念だ。

＊　＊　＊

姫様御付きの専属侍女のエリカちゃんにお茶を淹れてもらい、折り紙で時間を潰しているのだ
が、公爵たちはなかなか帰ってこない。
「ごめん、ちょっとトイレに……」

「ララが連れて行ってあげる！」

すっかりララちゃんとは仲良くなった。

「ありがとう。じゃあ、ララちゃんに案内を頼もうかな」

と思ったのだが……アンナちゃんが部屋にある呼び鈴を鳴らして侍女を呼んだ。

「お呼びでしょうか？」

「この人をお手洗いに連れて行ってあげて」

睨んではこなくなったが、未だ『この人』扱いで敵視しているようだ。

「はい。わたくしイリスと申します。ではルーク殿下、ご案内いたします。こちらに……」

案内してくれているイリスと名乗った侍女が、２階にある応接室から何故か３階に登り始めた
……？

「ちょっと待って……俺はトイレに行きたいのだけど……」

この世界の常識的に考えると、汲み取り式のトイレなので1階にあるはずなのだ。

「はい。お客様や領主様のご家族様専用の場所にお連れするよう、事前にお伝えされています」

う～ん、よく分からないので黙って付いて行くことにした……。それと、やはり侍女にむっちゃ警戒されているみたいだ。うちの王城の侍女たちのようなあからさまな無視はしないが、侮蔑のこもったような気配が隠しきれていない。

案内された場所は、３階の端の方にある扉だ。

入ってすぐの場所が鏡のある手洗い場になっているが、鏡の前に水を入れた桶《おけ》を置いているだ

けだね。そしてその奥の扉を開けた場所がトイレなのだが、なるほど……一切糞尿を溜めていない綺麗な桶を戸板の下に1つ置いてある。

『♪　この公爵家では、毎回用を足した後、侍女が【クリーン】の魔法で浄化しているようです。家族用、執事や侍女用、使用人用と数カ所あるようです』

毎回浄化魔法で掃除されているだけあって、一切匂いもなく綺麗なものだ。

これは兄様にも教えてあげて、王城のトイレも改善した方がいいね。

コレラや赤痢など、糞尿の飛沫《ひまつ》感染は怖いからね。

用を足した俺は、自分で【クリーン】を掛けて樽の中のおしっこを浄化する。

『妖精さん……この【クリーン】で浄化したものってどこに消えているんだろう？』

掃除や洗濯にも利用される便利な魔法だが、ゴミやホコリがどこに消えているのか、何気に気になったのだ。

『♪　亜空間です。【亜空間倉庫】と同じ次元の場所に転移しているようですね。あ！　どうやらこの事は秘密のようなので、誰にも言わないでください』

魔法を創った神の裏事情ってことのようだ。

俺がトイレを出たら、さっきの侍女がさっと中に入っていったが、すぐに出てきて質問してきた。

「ルーク様……用足しはしなかったのですか？」

「うん？　ああ、自分で【クリーン】を掛けた」

「ルーク殿下は【クリーン】魔法が使えるのですね？」

「うん。俺の主属性は聖属性だからね」

『♪　聖属性持ちは希少ですからね。主属性が自分と同じ聖属性だと聞いて、少し彼女の好感度が上がったみたいです』

『まぁ、直接彼女に何かしたわけじゃないしね……噂を聞いて警戒しているようだけど、今後ちゃんと紳士的に対応していけば改善するんじゃない？』

トイレを出たのだが、廊下の一番奥の扉から、ゴロ音のする苦しそうな咳《せき》をしているのが漏れ聞こえてきた……。

「苦しそうな咳だな……」

「そこには奥方様がお休みになられているのです……」

妖精さんが結核とか言っていたな……うつるんだよね。

『妖精さん……風魔法の【エアシールド】を張っていたらうつらないんじゃない？』

『♪　【アクアシールド】【エアシールド】などのバリア系魔法で防げますね。というより、健康状態の良い者にはそう簡単にうつったりしません。体内に入った菌を駆除できないほど体力的に弱った者が発病するのです』

「奥方か……少し挨拶しておこうかな」

「お、お止めくださいませ！　人にうつる病なので、このような奥の部屋でお休みになられているのです！」

奥の部屋で『隔離している』と言わないんだね……どこかの貴族の息女だろうけど、できた娘さんだ。

「病を治す事はできないかもだけど、咳や熱を緩和する事ぐらいなら俺もできる……俺は騎士学校に通うので、この地を出る前に挨拶しておきたい」

「ですが……それでしたら、一度御当主様に許可を頂いてくださいまし！」

「ごもっともな意見だが、今そこで辛そうに咳をしている者を放っておけない。君は外にいて良いから少し待っていてね」

　止める侍女を無視して、扉をノックする。

「はい……ゴホッゴホッ……ゴホン……ど、どうぞ……ゴホッ……」

　声を出したので、更にむせてしまった……。

「失礼します……」

「あら？　外が騒がしいと思ったら、お客様でしたの？　このような格好で失礼しますね。ゴホッ……」

　優しそうな声をしたご婦人だが、見るからに痩せ細っていて痛ましい。健康な状態ならさぞ美しい人だと思う。一生懸命ベッドに起き上がろうとしている。

「あ、どうぞそのままで！　俺はルークと申します。この度、このフォレル家に婿養子としてくることになりました。よろしくお願いします」

　結局彼女はベッドに腰を掛けて起きてしまった……辛いだろうに……。

「まぁ、殿下自らわざわざご挨拶しに来てくださったのね。わたくしはガイルの妻、サーシャです。ゴホッ……折角来てくださいましたが、病がうつるといけません。すぐに部屋を出ておいきなさい……ゴホッゴホッ……カハッ……」

うわっ！　吐血した！　これ、かなりヤバくないか？

「奥様申し訳ありません！　お止めしたのですが、騎士学校に向かう前に挨拶をと……」

外にいろって言ったのに、部屋の中に入ってきちゃったよ。

「そうですか……ゴホッ……わたくしも、生きている間に娘のお相手を見る事ができて嬉しく思いますわ……」

『♪　マスター、この世界ではまだ顕微鏡のようなものが開発されていないので、菌やウイルスというものの知識がないのです。そのため、風邪やこういう結核などの病気に対して魔法を使ってもあまり効果が得られないようです』

なるほどね……この世界の回復師たちが結核を治せない理由か……怪我は目で見れば分かるからイメージしやすいけど、目に見えない細菌なんかが関係しているとは思ってもいないのだろうね……だからただ『治れ！』とイメージしても治るはずもないと……魔法はイメージがちゃんとできていると、神のシステム補正が働いて、ある程度の応用が利く。

「失礼……　【アクアラヒール】【クリーン】【アクアラキュアー】」

夫人の胸に手をかざし、肺の炎症を抑え結核菌を排除するイメージで中級回復魔法を掛ける。

『妖精さん、どうかな？』

『♪　かなり緩和できましたが、病は末期状態です……中級魔法では毎日処置をしないと治せませんね』

『毎日さっきの魔法を掛ければ治るの？　期間はどのくらい？』

『♪　10日ほどで治せそうです。ですが、騎士学校に行く必要があるので、王都から10日間毎日公爵領まで処置をしに戻ってくる事はできません』

「あら？　凄く楽になりました！」

「俺は回復魔法が得意なのです。でも、改善されはしましたが、完治していないので、また時間と共に悪化してきます」

「奥様の顔色が凄く良くなりました！」

「咳も止まって、熱も下がったようですわ♪　ルーク殿下、ありがとう。それにしても【無詠唱】で回復魔法を発動できるのですね……国王様の紹介だと聞いていますが、とても優秀なお方を婿に選んでくださったようですわね」

『♪　病を患っている奥方に、マスターの悪評は一切伝えていないようですね』

なるほど……太ってはいるが、奥方からすれば優秀な人を寄こしてくれたと思っちゃったわけだ……。

俺の回復魔法でお義母さんの容態はかなり良くなったのか、笑顔が見られるようになった。

だが、俺の中級魔法では一時凌ぎにしかなっていない。

『妖精さん、俺の知識を高位魔術者に伝えて施術してもらったら治るんじゃないかな？』

『♪　治りますが、マスターはその知識をどうやって手に入れたと伝えるおつもりなのでしょうか？』

『…………』

『♪　何年か後に、マスターが魔法研究して発見したとかなら話はスムーズに進むと思うのですけどね。今回の事だけでしたら、神の恩恵を多く得ているから効果が高いとでも言っておけばいいでしょうけど……マスター以外の者が施術するなら、しっかりと治るプロセスを理解していないと効果はないです。菌やウイルスなどの説明が要りますが、顕微鏡が開発されていない世界で、どう説明するのですか？』

『神様がいて、何故放置しているんだ？　神託とかで教えれば人が死ぬのを減らせるんじゃないか？』

『♪　文明は人の手によって発展するものだからでしょう。神が全て与えたのでは、開発や発展が却って遅くなるからですね』

妖精さんとお話ししていたら、侍女が話しかけてきた。

「ルーク殿下、不躾ですがさっきの魔法の事をお聞きしてもよろしいでしょうか？」

「うん？　何かな？」

「ルーク殿下は先ほど聖属性が主属性とおっしゃっていましたが、使われたのは中級の水系回復魔法の【アクアラヒール】でした。【クリーン】と水系の中級解毒魔法をかけたのも何故なのか知りたいです。奥様の容態がこれほど良くなったのは、先ほど3つの魔法を使ったからなのでし

ょうか？　それと――――」

「ちょっと待って！　一度に沢山質問されても……」

「も、申し訳ありません！　つい……」

「その娘は聖属性の回復師を目指しているのです。王都からも高名な施術師の方に何人か来ていただいたのですが、これほど劇的な効果を得られたのは初めてです。その娘が興味を持って色々聞きたがるのは当然の事ですので、どうか怒らないであげてくださいまし」

「別にこんな事で怒ったりはしないですよ。君は病気には聖属性より水系回復魔法の方が効果が高いのは知っているかな？」

「はい。怪我には聖属性、病には水系回復魔法が効果あると騎士学校で習いました」

どうやらこの娘は騎士学校の魔法科卒業のようだ。

「じゃあ、どうして聖属性より水属性の回復魔法の方が効果が高いのか知っている？」

「……いいえ、知らないです。そういうものだとしか習っていません」

「人体の主成分が水分でできているからだよ。人の体の7割は水分なんだよ」

「そうなのですか⁉」

「うん。それで水系の方が病に効果がある。聖属性は神の奇跡的なものだから、怪我には効果が高く、完治後の後遺症も少ないのが利点なんだけど、その分体への負担が大きいし、病気の特性を正しく理解して、それを正確に神に伝えないと神の奇跡は起きないので、病への効果が薄くなるんだ」

「ヴォルグ王国はフォレルル王国の魔法知識より進んでいるのですね……」

ヴォルグ王国というより、この知識は庭師の爺《じい》さんから得たものだ。

付けられた家庭教師の勉強はしなかったルーク君だが、この庭師の師匠からは薬学や錬金・錬成術、回復魔法など、ヒーラー特化の知識をかなり得ている。

６歳の時に婚約者のルルと庭で遊んでいたら、彼女がこけて怪我をしたのだが、その際にたまたま近くにいた庭師のこの爺さんが初級回復魔法であっという間に治してくれたのだ。

それでめちゃくちゃ興味を持ったルーク君は、この爺さんの元に通って弟子にしてくれと毎日頼み込んだのだ。

実はこの爺さん……ただの庭師ではなく、王城内にある温室施設を利用して薬学研究がしたいがために王城内に住みついた、賢者と言われるほどの高名なエルフの薬学師だったのだ。

だがその事を知っている者は極僅かな者たちだけで、ルーク君も弟子にしてもらう条件に、自分の事や教えてもらった事を秘密にするという条件を出されていた。

まぁ、そういう余計な事情はこの娘に言わなくていいだろう……。

「【アクアラキュアー】の解毒魔法を使ったのは、体の中の悪いものを排出するイメージで掛けると、色々効果があるからだよ」

実はこの解毒魔法で結核菌をある程度排除したのだ。この辺は流石の師匠も知らない知識だ。

現代医学や現代科学を魔法に取り入れたら凄い事ができそうな気もするが、残念ながら俺にそんな深い知識はない。殆どの者は広く浅くの知識しか持っていないだろう。

ＬＥＤライトが高寿命・低燃費・耐衝撃性に優れていることは皆知っているだろうが、どういった仕組みか説明しろと言われても殆どの者は詳しく説明できないだろう。俺もその程度の知識しか持ってないから、この世界で列車や自動車とか造れと言われても不可能なのだ。まして結核菌に有効な抗生物質とか、カビに似た何かからなんかやって作っていたな～程度の知識しかないのでどうしようもない。

「そうだったのですか……ありがとうございます！　凄く勉強になりました！　あの……もしろしければ、もっと色々魔法の事を教わりたいのですが、ダメでしょうか？」

「別にいいけど、人に教えられるほどの知識は俺にはないよ……」

「そんな事ないです！　奥様がこれほど良くなられた事だけでも凄い事だと思います！　教皇様が少し前に御診察くださった時ですら、これほどの効果は得られていなかったのです！」

あちゃ～、ちょっとやりすぎちゃったのかな？

「♪　全く問題ないです。マスターはどうせ奥方の事を放っておけないでしょう？』

「そうだね……『全てを救ってみせる！』的なヒーロー気質じゃないけど、目の前に死にそうな人や苦しんでいる人がいて、治せるものなら治してあげたいね』

「あっ！……ルーク殿下、申し訳ありません……ご当主様を呼んでしまいました」

どうやら俺が問答無用で部屋に押し入った時に、侍女が連絡していたようだ。

侍女と奥様と話していたら、ガイル公爵と兄様がやってきた……エリカちゃんもいる。

「ルーク殿、どういう事かね？　妻はうつる病気だから会えないと伝えておいたはずだが」

うわ～なんか額に青筋立てて怒ってらっしゃる……。

『♪　体調が悪くて寝込んでいる妻の下に、馬鹿な王子が興味本位で無理に押し入ったと思っているようです』

「あなた、ルーク殿下に回復魔法を掛けていただいたのです。それが凄く効果があって、ここ最近ではなかったほど気分が良いのです。熱も下がって、あれほど酷かった咳も嘘のように治まりましたのよ。なんかもう治ったのではないかと思ってしまいますわ」

「残念ながら完治はしていないですね。あ、でも俺なら時間を掛ければ治せますよ」

「「えっ⁉」」

「そんなはずはない！　妻の病は労咳だ！　治る病ではない！」

「あなた……やはりそうでしたのね……」

「あっ……クソッ！　妻には内緒にしていたのに！」

「いやいや、なんで俺を睨むんですか⁉　バラしちゃったのはお義父様じゃないですか！」

「お前にお義父様呼ばわりされたくない！」

「え～～っ！　俺、あなたに呼ばれてこの国に来たのですよね？」

「ルーク……お前はどこに行ってもトラブルメーカーだな……」

「今回、俺は悪くないでしょ！」

「はぁ、まあいい。で、奥方の病をお前は本当に治せるのか？　わが国ではそれほど流行《はや》ってはいないが、治らない病気とされている……もし治せるのなら、これまた問題になるのだけどな」

「そうですね……10日ほど毎日施術すれば治るかな……で、何が問題になるのですか？」

「本来治せない病を治せるのだぞ？　これを父様が知っていたら、お前を他国に婿になど出していなかったはずだ。俺がこの事を父様に報告したら呼び戻されるような事案なのだぞ」

「なるほど……まぁ、今更帰る気はないですけどね。ガイル公爵、この際、お義母様の病を完治させてから騎士学校に通うというのはどうでしょう？」

「本当に治るのか？　教皇様でも治せなかったのだぞ？」

「絶対治るとは言い切れませんが、多分今ならまだ治せます。時間と共に病は進行しますので、放っておけば手遅れになりますが……」

「本当か!?　本当に妻を治せるのか!?　頼む！　治せるなら治してほしい！」

ガイル公爵は体調が良くなった妻を見て凄く喜んでいた。治るなら治してほしいと強くお願いされた……奥さんの事をとても愛しているんだね。暫く興奮気味に妻の病が治る事を喜んだ後、俺の今後の予定を伝えてきた。

「君に急いで来てもらったのには理由があってだな……その事は聞いているか？」

「なにか騎士学校のカリキュラムで急ぐ必要があるとだけ聞いています」

「そうだ。君は騎士学校の魔法科に通う事になっているのだが、現在騎士学校は中間試験中だ。そして試験を終えたすぐ後に、魔法科は『従魔召喚の儀』というものがある」

「従魔召喚ですか？」

「ルーク、俺たち竜騎士学校の者は、既に全員ドレイクと従魔契約していただろ？　だから『召喚の儀』はやっていなかったんだよ」

「なるほど、従魔契約は1体しかできないって事ですね？」

「ルーク……授業で習っただろう」

「ごめんなさい。その授業は聞いていなかったみたいです」

「困った奴だな……。従魔契約は本来何体でも可能だ。ただ、従魔契約をなした魔獣は食事が要らなくなる。その代わりに契約した主から毎日決まった時間に魔力を食事として消費する」

「魔力を食事として与えなくてはいけなくなるのは知っていますが……」

「ドレイクなどのような高位の魔獣は、食事として使われる魔力量が多いんだよ。学生の魔力量では負担が大きくなるので竜騎士学校ではそれ以上契約しないようにしている。魔力量が多い者は、神殿に自主的に行って『召喚の儀』に挑戦しているようだけどな」

　ここで公爵が口を挟んできた。

「その『召喚の儀』が5日後にあるのだ。それには全員参加することになっているので、君にも急いで来てもらったのだ」

「それは後日じゃダメなのですか？」

「星の巡りや時間等の制限があるようで、年に1回決められた日の決まった時間でしか召喚陣は利用できない。神殿にある召喚陣も同じサイクルなので、後日というわけにはいかないのだ」

「なるほど……でも、使えない魔獣が召喚された場合どうするのです？　役に立たない魔獣が来ても従魔契約しなきゃならないのですか？」

「使えない魔獣が来たのなら、契約しないで送還すればいい」

年に1回だけしかチャンスがないので、『召喚の儀』はちょっとしたイベントになっているようだ。

＊　＊　＊

とりあえず『召喚の儀』には出ろとの事なので参加することにした。

おそらく妖精さんはこの時に召喚されるのだろう。

『妖精さんをこの時に呼び出すんじゃないの？』

『♪　どうなのでしょう？　詳しい事は聞いていません』

『なんか色々女神様の当初の計画と変わっているんじゃないかと疑っているのだけど？』

『♪　実は私もそう感じています。邪神が封印されているダンジョンは、ヴォルグ王国領にあるのです。マスターの婿入り自体が女神様の思惑とはすでに違っているのではないでしょうか？』

「ガイル公爵、俺は結局どうしたらいいのですか？」

もう絶対お義父様とか言ってやらないからね！

「そうだな……先に聞きたいのだが、少しの間妻の治療を中断しても大丈夫だろうか？　妻に負担がかかるようなら君にはすまないが、今季の『召喚の儀』は見送ってもらいたい……」

「命の危険な状態はもう脱していますので、すぐに病状が悪化することはないですよ」

「そうか、本当に感謝する。……では一度騎士学校に行ってもらって、『召喚の儀』を済ませたのちに再度妻の事を診てもらえないだろうか？　校長には俺の方から事情を話して、数日間の欠席の許可を得ておくので、妻の病を治してあげてほしい」

その時、お義母様のお腹が『きゅるる～』と可愛く鳴った。

「あら嫌だわ！　恥ずかしい！」

顔を真っ赤にして手の平で顔を覆って恥ずかしそうにしている……ちょっと可愛いぞ。

「お義母様、少し体調が良くなったので食欲が出てきたのでしょう。この病はとても食事が大事なのです。栄養価の高い物を食べて、健康状態を良くすれば治りも早いのですよ」

「そうなのですか？　最近はあまり食欲もなくて殆ど食べていませんでした……」

「この病は微熱がずっと続きますからね……熱と咳でどんどん体力を奪われてしまうのです」

「よし！　ジェイル殿、ルーク君、旅の汚れを先に落としてもらう予定だったが、尋問に時間が掛かってしまってもう結構な時間になってしまった。先に晩餐《ばんさん》にしようと思うがよろしいかな？」

このおっさん……ルーク殿からルーク君呼びに変わっている……。

『♪　とりあえず様子見ですが、身内として認めてくれたって事でしょうね』

お義母さんの回復が前提って事だろうけど、有名なバカ王子としてしか見ていなかった時よりは好感度は上がったみたいだ。

「ええ、俺の方はそれで問題ないです」

「俺はもうお腹ペコペコで死にそうです！　そうだ、お義母様も一緒にどうですか？　長時間は疲れますでしょうから、30分ほどだけご一緒しませんか？　ララちゃんも寂しがっていたようですし」

「ララ……。ですが、うつる病ですし……」

「俺が風魔法でお義母様にシールドを張っておきますので、みんなにうつる事は絶対ないですよ？」

「本当にうつらないのですか？　うつらないのであれば娘たちに会いたいです……」

「サーシャ……すまない、寂しい思いをさせているな」

「あなた……病ですもの、仕方がありませんわ」

お義母さんは、全員が席についたのちに少しの時間だけ参加することになった。

「あ、食が細くなっているのなら、お義母様には消化の良い食べやすいものがいいです。米はありますか？」

この世界の主食は主にパン食だが米もある。

「米ならあるはずだが、米の方がパンより消化に悪いのではないか？」

おじやや雑炊にすれば消化は良い。パンより食べやすいしね。

「ちょっと厨房をお借りしても良いですか？　俺が体に良い薬膳料理を作ってあげましょう」

「おいルーク！　またお前は！　余計な事をするんじゃない！」

「兄様……お義母様の体に良い料理をちょっと作るだけですよ」

「サーシャの体に良い料理……ルーク君、厨房は好きに使ってくれて構わない！」

うわ～、このおっさん、めっちゃサーシャさんの事を愛しているね。

「じゃあお義母様、準備ができてからお呼びしますので、それまでは部屋で安静にしていてください ね」

「はい。久しぶりに娘たちに会えるのは嬉しいです！」

可愛い人だ……おっさんが側妻を取らないのも分かる気がする。

部屋を出て皆に【クリーン】を掛ける。

「また【クリーン】……ルーク殿下！　この【クリーン】にはどういう意味があるのでしょうか？」

侍女さんがまた食い付いてきた……。

「【クリーン】は目に見えない病気の元も浄化する効果があるんだ。さっきお義母様も含めて部屋全体を浄化したけど、念のためにもう1度部屋を出てから施しておくんだよ。怪我した時もただ水で洗って回復魔法を掛けるより、【クリーン】で浄化してから回復魔法を掛けた方がいいんだよ。化膿とかの予防になる」

「なるほど……ありがとうございます！　勉強になりました！」

＊　＊　＊

厨房に行ったのだが、4人の料理人が忙しそうに調理していた。

公爵が料理長に声を掛け、俺が立ち入る事の許可を得てくれた。

食材を見せてもらったのだが、色々用意されている。

「このお肉は何の肉かな？」

「それは牛の魔獣のお肉です」

『♪　ラッシュバッファローという魔獣のお肉ですね。超高級食材です』

牛の魔獣……サシが凄いんだけど！　A5和牛と比べても良いぐらい霜ふっているんですけど！

「このお肉を少し貰えるかな？」

ブロック肉から500gほどいただいた。

米は少し細長いな……ジャポニカ米よりカリフォルニア米に近い。

玉ねぎ、人参、トマトもあるな……とりあえず急いで米を炊いた。

トマトをスライスして味見してみる……何これ甘い！

「めっちゃ甘い……」

「それはダンジョン産のトマトですからね。ちょっと割高ですがとても美味しいものです」

ダンジョン産のトマトだって！　ルーク君の記憶を探ってみたら、確かにダンジョンで野菜や果物が採れるようだ。

よし、メニューが決まった！

ララちゃんの分も作ってあげよう♪　さっき貰った牛肉を包丁で叩きまくる！

「「「ああ〜〜〜っ！　勿体ない！」」」

料理人たちから悲鳴に似た声が上がった……自分たちの料理をしながら、何気にこっちを見ている……ふん、食って驚け！

２本の包丁で叩きまくって、ミンチ肉にする。……もうお分かりだろう……子供の大好きなハンバーグだ！　食が細くなっているお義母様にはちょっと重いので、これはララちゃん用だね。一応少量だけ添えておこうかな……肉も食べなければ元気は出ないしね。

お義母様の食事は数種の薬草をブレンドした薬膳トマトリゾットにした。

赤ワイン・バター・オリーブオイル・塩・胡椒《こしょう》・ナツメグ・にんにく・生姜《しょうが》・パン粉・卵・ミルク・はちみつ・砂糖・レモン……材料は大体あるが、醤油《しょうゆ》やソースがないのが残念だ。

ハンバーグはラッシュバッファローの肉８：オークの肉２で合挽《あいび》き肉にしてみた。

付け合わせに茹《ゆ》でたブロッコリーと人参に、オリーブオイルと果汁を塩胡椒で味を調えたものを掛けて添えておく。

料理人たちが俺の側にきて一生懸命メモ書きしている。

「君たち自分の料理は良いの？」

「はい。下準備はできたので、後は晩餐が始まったら順番に調理してお出しするだけです。あの〜その料理は宮廷料理の１つなのでしょうか？」

えっ？　ハンバーグだよ？　そういえばルーク君に食べた記憶がない……。

『♪　団子にしてスープに入れる事はありますが、わざわざぐちゃぐちゃにして焼くって概念がないようです。焼くのなら普通に焼いてステーキにするのが常識ですね』

『マジか……』

『♪　油が高いって事もあって、揚げ物もないですね。基本煮るか焼くかです』

「これは俺の創作料理だね……ちょっと味見してみるかい？」

「「是非！」」

ハンバーグを1個切り分けて5等分にして味見をする。

「美味しい！　凄い肉汁だ！」

「うまい！　このソースが凄く美味しい！」

デミグラス風に仕上げたのだけど、俺的には80点だ。醤油やソースがないのが残念だ。ハンバーグの中にも3種類薬草を混ぜ込んだので、少しだけ青臭さが出てしまっている。まぁ、気になるほどではないので、体の事を考えて良しとしよう。

「このお米の料理も美味しい！」

うん……トマトリゾットの方は95点だね！　良いデキだ！

トマトの酸味と甘みが絶妙に合っている。少し水分多めにして、刻んだトマト、玉ねぎ、人参がたっぷり入っているので、ミネストローネに米を入れた感じになっているが良い味だ。

「寝たきり状態が長かったようですので長時間座っているのは辛いでしょうから、奥方の料理はまとめて最初に出してください。奥方のお肉は病み上がりには重いので少しだけでお願いします」

「了解しました」

そうだ、材料があるので飲み物も作っておこう……。

はちみつとレモン果汁を俺の魔法で出した水で割って『はちみつレモン』をピッチャーに入れて冷やしておく。これはこちらの世界でもよく飲まれているものだ。ただの水より、ビタミンが摂《と》れてお義母様にも良いだろう。

さぁ準備はできた……後は料理人に任せよう。

食事の下準備ができたのでガイル公爵に声を掛け、料理人たちに調理を始めてもらう。俺は3階に上がってお義母様を迎えに行った。

「お義母様……無理したらダメでしょう！」

部屋に行ったら、晩餐用にドレスを着たお義母様がベッドに腰掛けて待っていた。

「無理はしていませんよ。コルセットなどのような窮屈なものはしていませんし、見た目よりは楽な装いなのですよ……」

「ですが――」

「娘たちにやつれてしまった姿を見せたくないのです……。ルーク殿下のおかげで凄く調子は良いのです。少しだけお洒落をさせてくださいな……」

俺の言葉を途中で遮って訴えかけてきた。

久しぶりに会う娘に元気な姿を見せてあげたいのか……気持ちは分かる。

「分かりました。辛くなったらすぐ部屋に戻ってくださいね？」

「はい！」

お義母様に【エアシールド】を掛けて、体の周りに薄い空気の膜を張っておく。こうしておけば周囲に結核菌をばらまく事がなくなるのだ。

本来シールド系の魔法は、自分を中心とした円状のシールドを発生させるものなのだが、俺のイメージで体の体表に薄く空気膜を張っている。お互いの空気膜が干渉して混じりあうと意味がないので、干渉し合わないイメージも大事だ。

食堂に行ったら既に皆は席についていた。

うん？　侍女のエリカちゃんが姫の隣に座っている。

『♪　彼女自身はこの場で食事はしませんが、目の見えない姫の食事介助をするために、同席しているようです』

『仕事とはいえ、皆が食べている時に食べられないのはきついな……』

「「お母様！」」

部屋に入った瞬間にアンナちゃんとララちゃんが駆け寄ってきた。

「ちょっと待って！」

感動の場面に野暮だが、間に入って接触を止める。

「邪魔しないで！」

「抱き合うなら、君たちにも防御魔法を掛けておく必要があるんだ。【エアシールド】。止めて悪かったね」

３人は抱き合って涙を流している……どれくらい会ってなかったのだろう……ララちゃんは凄く喜んでいる。

みんなが落ち着いた後にそれぞれの席に座る。

上座からガイル公爵・サーシャ夫人・ララちゃん・アンナちゃん――本当はサーシャさんの隣にアンナちゃんが座る予定だったが、アンナちゃんがララちゃんに譲っていた。自分も母親の隣に座りたいだろうに、優しい娘だ。

ガイル公爵もマナー通りの席順より、母恋しい末っ子のために文句はないようだ。

その対面に俺・ジェイル兄様・ミーファ姫・エリカちゃんの席順になっている。

上座に兄様ではなく俺が座っているのは、あくまで婿入りする俺のために開かれる歓迎会だからだ。

席に座って間もなく料理が運ばれてきた。俺たちには前菜が出されたが、サーシャさんとララちゃんには俺が作ったトマトリゾットとハンバーグが打ち合わせ通りちゃんと出ている。勿論はちみつレモンも一緒にね。

「お義母様には俺の作った薬草入りの食事です。食欲のそそるような風味と味付けにしました。病み上がりのお義母様の分は急に沢山食べると体に却って負担になるので、かなり少なくしています。それでも多いようでしたら無理しなくていいですから残してくださいね」

「うわ～！　ルークお兄様が作ったのですか？　美味しそうな匂いです♪」

ララちゃんがめっちゃ興奮気味だ……久しぶりに母に会えた事もあって感情が高ぶっているのかな？

「本当、とても美味しそうですわ。それにしても、人一倍人見知りのララが随分ルーク殿下に懐いているようですわね？」

「ちょっと！　どうして私の分がないのよ！」

「アンナ！　どうしてそのような悪い言葉遣いをするのですか!?」

「ごめんなさいお母様！」

アンナちゃんが何故かお怒りです！

「君は俺の料理なんか食べたくないだろうと思っていたから……」

「あの……とても良い匂いがしています。わたくしもルーク様のお料理を食べてみたいですわ……」

ミーファ姫まで食べたいと言い出した。

隣の兄様も興味津々に見ているが、食べたいとは言わない。歓迎の晩餐料理を公爵が用意したと言っているのに、そっちより弟の料理が食べたいとか失礼な事を言う兄様ではないからね。

「ルーク君、材料はもうないのかな？　初めて見る料理だが、とても美味しそうだ……。できるなら俺も食べてみたいのだが？」

「下準備は余分にしていますので、料理人たちに伝えれば作ってくれると思います」

トマトリゾットは皿に盛るだけだし、ハンバーグも焼けばいいだけなのですぐに皆の分も出された。

「『美味しい！』」

「ルーク君、この料理はヴォルグ王国の宮廷料理なのか？」

「いえ……」

ガイル公爵の問いに俺が言い淀《よど》んでいたら、兄様が口を挟んできた。

「こいつは、夕飯だけでは足らないのか、夜な夜な厨房に忍び込んで夜食を自分で作って食べているのですよ……。自分で作るけど後片付けは一切やらないで放置するので、料理人からは朝食を作る前に後片付けから始めなきゃいけないと苦情が何度も入っていました。朝食や昼食用に予定して仕入れていた食材もこいつが使っちゃうので、本当に困っていたようです」

「まぁ……うふふ……だから少しお太りになっているのですね」

姫に笑われた……しかも太っているって指摘された！

「ルーク君……うちではしないでくれよ。片付けをしないで食材を夜に放置していたら、ネズミが湧いてしまうからな」

「それも料理人たちが言っていましたね……ルーク、本当にこっちでは控えろよ？」

「分かっていますよ！　兄様はなんで余計な事を言うのですか！」

また姫にクスクスって笑われた！

「ルークお兄様、美味しいです♪」

ララちゃんはハンバーグを気に入ってくれたようだ。子供の大好き料理ランキングの上位だもんね。
ちなみにテレビで見た時はこんなだったと思う。
1位：カレーライス　2位：寿司　3位：鶏《とり》のからあげ　4位：ハンバーグ
5位：ポテトフライ　6位：ラーメン　7位：焼肉　8位：オムライス
9位：ピザ　10位：チャーハン
「本当ね……このお米のお料理をもう少し頂こうかしら……」
なんとアンナちゃんがお替わりをしてくれた！
俺と兄様は料理人が用意してくれたコース料理を食べているが、凄く美味しい。特に塩胡椒の牛ステーキが絶品だ！

＊＊＊

「サーシャ、体調はどうだ？」

既に約束の30分はとっくに過ぎていて、心配したガイル公爵が声を掛けた。

「それが、凄く気分が良いのです。もう治ったのではないかしら？」

「いえお義母様……これは一時的なものです。俺のレベルが30あればすぐに完治できたでしょうけど、中級魔法では一度で完治までには至りません」

「ルークお兄様……お母様治ってないの？」

「うん。でも治る病だから大丈夫だよ。それに俺がいる間はスキルで病気が人にうつらないように防ぐから、明日もお母さんと一緒にご飯を食べようね」

「まぁ！　ルーク様の言葉に嘘偽りはないようです！　本当に治るのですね⁉」

「ミーファ本当か⁉　そうか……サーシャは治るのか……良かった」

姫が皆を安心させるために、敢《あ》えて自分のスキルで判定したことを口にしたのだろう。ガイル公爵やアンナちゃんが涙ぐんで喜んでいる。

「本当？　ルークお兄様がお母様を治してくれるの？」

「うん。ララちゃんは心配しなくていいよ」

ララちゃんが席を立ってこっちに走ってきて「ありがとう」と俺の腰に抱き着いてきた……可愛い！

「ララがお礼にルークお兄様にピアノを弾いてあげる！」

なに⁉　ピアノですと？　そういえば部屋の隅に布を被せた物が置いてある。

「ララ、今は歓談中だ、後にしなさい」

「あら、あなた……人見知りのララが自分からピアノを弾いてあげると言っているのですよ？　わたくしも聴きたいですわ」

サーシャさんの一声でガイル公爵の意見が覆った……うん、この家ではお義母様には逆らわないでおこう！

侍女が布を外したら、グランドピアノがあった……。

『妖精さん！　なんでピアノがあるんだよ！』

『♪　この世界はマスターの世界が元になっています。ピアノも神が伝えた文化の中にあったもののの1つですね。ルーク君も幼少時に専属教師が付いていたのですよ……』

記憶を探れば確かに覚えている……だが、6歳から初めて1年でやめている。

お母様が始めさせたものだったのだが、お父様がそんな事に充てる時間があるのなら、もっと剣術を学べと言ってきてすぐにやめていた。

ララちゃんの弾くピアノは、異世界特有の初めて聞く曲だった……超初級者向きのものだ。でも、俺のために一生懸命弾いてくれる姿が可愛い！

それにしてもこのグランドピアノ……ヤバいくらい良い音がしている。

『♪　このピアノはドワーフとエルフの合作で作られた最高級ピアノですね。ピアノ線がミスリル線でできているので、凄く良い音色がでる一品と評判です』

俺もさっきから弾きたくてうずうずしている……実は小学3年の頃から高校に入るまで、週に1回近所のお姉さんがやっているピアノ教室に通っていた。

ルーク君とは違い、俺が母に頼み込んで通わせてもらったのだ……。

駅の近くの路上でストリートライブをしていた見知ったお姉さんの弾くピアノが凄くて、俺もあんな風に弾いてみたいと思ったのがきっかけだった。家でも練習できるように音が消せる電子ピアノも買ってもらった。

　ピアノ教室をやめた理由……手先がめっちゃ器用で凝り性な俺は、高校に入る頃にはかなりの腕前になっていたのだ……ヤマハの講師免許を持つ、音大卒のお姉さんより上手くなっていたのだ。

　アンナちゃんやサーシャさんも1曲弾いてくれ、ミーファ姫まで披露してくれた……姫の腕前はかなりのものだった。どうもフォレル王国では、貴族息女の嗜みとして女子の殆どが弾けるようだ。

「ミーファお姉様上手です！」

「ありがとうアンナ」

「そういえばルークも子供の頃に習っていたよな？」

「ええ……お母様に無理やり……」

「ルークお兄様のピアノ聴きたいです！」

兄様が余計な事を言うから、ララちゃんにおねだりされてしまった！

う〜〜っ！　弾きたいけど、やり始めたら絶対やらかしてしまう！

「人に聴かせられるレベルじゃないから、ごめんね……」

「あら？　なぜ嘘を？」

コラ〜ッ！　ミーファ姫！　バラしちゃダメでしょ！

15分後――

「散歩の〜帰り道〜♪」『さんぽの〜かえりみち〜♪』

「ララちゃんとアンナちゃん〜♪」『ララとアンナおねえさま〜♪』

「大きな〜オオカミに〜♪」『おおきな〜おおかみに〜♪』

「出遭ってしまったとさ〜♪」『であってしまったとさ〜♪』

俺の後ろに続いて、ララちゃんがめっちゃ楽しそうに歌っている。

それをミーファ姫やサーシャさんたちが微笑ましそうな顔をして聴いている。

勿論伴奏は俺だ――

「おおかみに出遭ったら食べられちゃうね！」

「すぐに勇者様がやっつけるから大丈夫だよ！」

「人見知りのララが、あんなに楽しそうに人前で歌うなんて……」

「綺麗な、綺麗な、チューリップの花を〜♪

要りませんか〜♪　買いませんか〜　可愛いお花〜♪

籠一杯の花を持った売りの少女〜♪

要りませんか〜♪　買いませんか〜　可愛いお花〜♪」

晩餐のテーブルの上には、俺がララちゃんにプレゼントしたチューリップが飾られているのでこの曲も喜んでくれた。俺が適当に即興で作ったんだけどね。

ここまでは良かった……調子に乗った俺はやってしまったのだ。

つい得意なショパンの『別れの曲』を弾いてしまったのだ……アッと思って振り返った時には

既に遅かった……ミーファ姫が泣いていた……。

他の者たちも放心状態だ……。

「ルーク様……素敵ですわ！」

姫様が涙を拭《ぬぐ》いながら褒めてきた……確かにこの曲は心に響くけど……。

「ルーク！　お前いつの間にこのような練習を？」

言えない……しかも姫様がこっち見てる！

「ひ、秘密です……」

『♪　マスターってアホですね……』

妖精さんの容赦のない突っ込みに言い訳できない……。

『♪　今更なかった事にはできないので、こっそり練習していたとでも言うしかないです』

『でも、姫にはばれるだろ？』

『♪　練習していたというのは事実です。全てが嘘ではないですので、上手く誤魔化すしかないでしょう。今後、マスターの趣味の1つのピアノを続けたいのなら、この場でもう隠さない方が良いと思います』

『ミスリル線のこのピアノの音色ははまってしまった……目の前にあって弾けないのはちょっときつい……』

という事で、もうやっちゃいました！

続けてショパンの超速弾きの『幻想即興曲』を弾いたら、全員がドン引きした。

「ルークお兄様凄いです！　速くて指が見えなかったです！」

「ルーク様……凄すぎです！　初めて聞く曲ですが、ヴォルグ王国で流行っているものなのでしょうか？　よろしければわたくしにも教えてくださいませ」

姫に初めて聞くと突っ込まれたが、知らん顔でやり過ごした。

その後も『英雄ポロネーズ』を弾き、止めとばかりに『革命のエチュード』を弾いてみせた。

このレベルの曲が弾けるようになるには、何度も何度も譜面を見なくても指が勝手に動くほど練習しなければならなかったため暗譜してしまっている……簡単な曲は逆に覚えていないので、譜面がないと弾けない。そういう理由で、このような難曲ばかりの選択になってしまった。そのうちベートーヴェンも聴かせてあげよう。

「お義母様……そろそろ部屋に戻りましょうか」

「わたくしはまだまだ大丈夫です」

「ダメです。今は良くても後で無理がたたってしまいますので、今日はここまでです」

「そうだぞ！　ルーク君の指示に従いなさい。最初に言っていた30分はとっくに過ぎているのだからな」

晩餐会は俺のピアノで盛り上がって終える事ができた。

公爵家内の俺の評判は上がったようだ……これならこの家でこれから仲良くやっていけそうだ。

＊　＊　＊

お義母様を部屋に送ろうとしたら、少し言い辛そうにしながら俺に訴えてきた。

なんだろう？　流石にもっといたいとかはダメだよ？

「ルーク殿下……お願いがございます。あなた様の回復魔法がとても貴重だと分かっていて申し上げます。大国の王子様にお願いするような事ではないのですが、わたくしの看病をしてくれていた使用人にも病がうつってしまい、現在離れで療養中との事です。どうか彼女の事も診ていただけないでしょうか？」

めっちゃへりくだって、丁寧な言葉遣いで訴えてきたので緊張したが、大したお願いではなかった。むしろそういう事に配慮がなかったと反省しなきゃだね。

結核は日本でもヤバい病の1つとされ、法律によって発病者は隔離されてしまう可能性のある病なのだ。その患者が1人ここにいるって事は、発病していないとしても感染している者が他にもいると思った方が良い事案だった。

「サーシャ！　気持ちは分かるが、流石にそれはダメだ！」

えっ？　おっさん、なんでダメなんだよ！

「どうしてダメなのですか？　気にするほどの事ではないですよ？　まぁ、あの人もこの人もと次から次に言われたら俺にもやりたい事があるので困りますが、手の空いている時に診るくらいなら良いですよ」

「そういう事ではないのだ……」

　どうにも歯切れが悪い。

『♪　なるほど……その対象者が使用人だからですね。使用人と言っても公爵家には沢山いますが、その中でも一番身分の低い者……危険な病がうつるかもしれない彼女の看病をさせるためだけに、奴隷商で買った娘です。つまり借金奴隷の娘です』

『それで、なにがダメなのだ？』

『♪　大国の王子に奴隷の診察をさせたとあっては、公爵家の威信に係わるってことです』

『くだらない！』

『♪　マスターからすればくだらない事ですが、貴族家としては問題な事です。この家には他家から貴族見習いとして預かっている息女たちが沢山います。その者たちに示しがつかなくなります』

「まぁ、事情はなんとなく分かります。その者の身分が低いからって理由でしょ？　ですが、この病は発病していなくても、既にうつっている可能性のある病なのです。念のために、明日全員診ることにします」

　うつっていても潜伏期間とかもあるし、中には発病しない者もいるからね。

「全員とは借金奴隷や契約奴隷も含めてって事かい？」

　契約奴隷？　王子のルーク君にそのような知識は全くない。王族に接する事ができる者は、家格がそれなりに高い貴族家の者たちだけだから知らないのも当然だ。

「全員です。既に病がうつっているかもしれないと不安な貴族見習いの息女もいるでしょうし、俺が診ていない者から広まる可能性もあります。全員検診しておけば安心でしょ?」

「ルーク殿下、ご配慮ありがとうございます」

「お義母様……俺の事はルークで良いですよ。堅苦しいのは好きではないですし、婿入りする者に対して他人行儀でしょ?」

「そうですわね……では、これからはルークさんと呼ばせてもらいますわ」

ゲッ……姫様がめっちゃこっち見てる!

『♪　馬車で言った事と違う態度をとっていたら変な目で見るでしょう』

『王城にいた時みたいに居辛いより、心証は良くしておいた方がいいだろ』

「ルーク?　お前が診察したらうつっているかどうかが正確に分かるのか?」

どうしよう……姫がめっちゃ見てる!　弱視で部屋の中だと殆ど見えないって言っていたのに、その目で違うものが見えているんだろうな。

「ジェイル兄様、俺は医者としての知識はあまりないですが、鑑定魔法に似たスキルがあるので、うつっているかどうかぐらいなら診断できます」

よし嘘は言ってない!　女神様からいただいたチート3点セットの1つの【詳細鑑定】を使えば判別できるだろう。このスキルでどこまで調べることができるのかは今後検証してみないとね。

「そんなスキルを持っていたのか……お前は本当に色々秘密が多いな。本気を出せば俺なんかよりずっと優秀なのに……お父様も馬鹿な判断をしたものだ。属国とはいえ他国に婿にやるなんて、なんて勿体ない事を」

「兄様、買い被りすぎですよ。俺は学んでこなかったので、馬鹿なんです。とりあえず、ここにいる人だけでも診ておきましょう。お義母様にうつした者がいるはずですが、心当たりはないですか？」

「その者は既に亡くなっている……」

「あなた？　ひょっとして？」

「そうだ。お前の開催していたお茶会によく来ていた、伯爵家の奥方だ。他にも彼女が出席していたお茶会に来ていた奥方や侍女が３名亡くなっている」

お茶会参加者か……。仲良しグループなら長時間くっちゃべっていたんだろうな。

「ララちゃんおいで！」

「はい！　ルーク兄様！」

クッ！　可愛すぎる！

「【詳細鑑定】……」

『♪　スキルレベルが足らないようですね。【カスタマイズ】を使って熟練レベルをあと１つ上げてみてください』

【カスタマイズ】は女神様が授けてくれた最強のチートだ。本来ならコツコツ上げないといけないスキルなどの熟練度を、ＡＰ《アビリティーポイント》を消費することで上げたりできるのだ。今回、これを利用して【詳細鑑定】の熟練レベルを1つ上げてみた。

【詳細鑑定】を再度無詠唱で発動してみる……よし、診られるようになった。

「うん！　ララちゃんは健康優良児だね！　どこも悪くなさそうだよ」

「やったー！」

どんどん診ていく……アンナちゃんも問題なし……ミーファ姫・エリカちゃん・ジェイル兄様……ん？　ガイル公爵アウト！

「ガイル公爵……感染しています」

「「えっ!?　嘘でしょ！」」

アンナちゃんとサーシャさんが驚いている。

「そうか……領主として毎日沢山の人に会うからな……軽い咳やだるさなどの兆候はあったので、その可能性は考えていた。そういうのもあって婿取りを急いだのだ……」

「なにしんみりしているのですか？　感染していますが、発病はしていないです。兄様やガイル公爵ほど体を鍛えている人は、感染しても抵抗力がとても高いので、発病する前に体の方で抑えつけちゃう場合が多いのですよ。それに俺が治せますしね……」

「そ、そうなのか？　ルーク君、あまり脅さないでくれ……ちょっと焦ったではないか」

念のためにガイル公爵に潜伏中の結核菌を排除しておく。

お義母様を部屋に帰し、まだ魔力に余裕があるので、その看病をしていたという娘たちのところに向かう。隔離部屋には15～20歳ぐらいの若い娘が3人いた。

うん……１人は末期まで進行している。この娘が最初の介護者かな。

３人に、お義母様にした事と同じ処置を施しておく。

「「あれ？　治った？」」

「ほんとだ！　熱がなくなった！」

「１番酷い君はまだ完全には治ってないけど、ちゃんと治してあげるから心配いらないよ。他の２人は完全に治っているので、以降もちゃんと奥方の看病をしてあげてね」

「あの～お医者様？　この病気はうつると絶対治らないやつだって噂で聞いたのですが……」

「治るよ。現に調子良くなったでしょ？」

「「「はい！　凄く調子良いです！」」」

「１週間ほどしたらまた来るから、この病に怯える必要はないからね。その娘と、奥方の看病をよろしくね？」

「「はい！　公爵様、私たちまで凄いお医者様に診せていただいてありがとうございます！」」

「あ～、彼は医者ではなく、我が公爵家の婿に迎えた者だ……彼に感謝するのだな」

公爵からすれば複雑な気分だろう。執事の誰かがこの娘たちを買ってきたのだろうが、うつるの前提で使い潰すつもりで買ったのは間違いないからね。

酷い話だとは思うが、サーシャさんの看病をする人が必ず要るのだ。うつる可能性が高いそこに、預かっている大事な貴族家の息女たちを付けるわけにはいかない。

「まだ魔力が残っているので、厨房《ちゅうぼう》の４人を連れてきてください」

「そうだな。料理人が感染していたら、最悪全員にうつりかねないな」

食器などからうつる事はないんだけどね……結果は、問題なかった。

＊　＊　＊

料理人を診た後に、久しぶりに風呂に入れた！

兄様も一緒に入っていたのだが、カラスの行水のようにあっという間に済ませて出ていってしまった。今は俺一人湯船でゆったりくつろいでいる。

うん？　なにやら外が騒がしい――

「お嬢様、ダメです！」

ララちゃんが突入してきた……。

「ルークお兄様、ララも一緒に入りたいです！」

すでにララちゃんは素っ裸なのだが、良いのかこれ？

俺にロリコン属性はないけど、この世界でこの年齢の子とお風呂を一緒にしていいものか判断ができずに困っている。

「ルーク殿下、申し訳ありません！　お嬢様がお部屋にいないので探しておりましたところ、こちらに入るのを見かけたという者がいまして……。急いで参りましたが、既にララお嬢様は衣服をご自分で脱ぎ捨てていて、おとめする間もなく……どうかお許しくださいませ」

「いや、俺は良いのだけどね……というか……子供のララはともかく、貴族家のご令嬢の君が入ってきている事の方が問題になるよ」

本来、王族や上位貴族の入浴には介助人が付くのだが、兄姉たちはそういう者を拒んでいた。

俺？　ルーク君は可愛い侍女を付けたかったようだけど、兄様や姉様に何故かダメだと怒られて、渋々諦めていたようだ。

『♪　事実は使用人の女子たちが、ルークの介助をするのを泣いて嫌がったという裏事情があるようです。兄姉たちはルークがそれを知って傷つかないようにと、自分たちは介助人を付けないと言い出したのです』

『マジか⁉　そういえば記憶では子供の頃には介助をしてくれる者たちがちゃんといた……14歳頃から兄姉たちによって1人で入るように言われたんだよ』

『♪　それでララですが、マスターがお嫌でないのなら、その年齢でしたら問題ないです』

「ルークお兄様……一緒に入ってはダメ？」

「別にいいよ。入っておいで。体が温まったら俺が髪を洗ってあげよう」

「やったー！」

「ですが……殿下にそのような事をさせるのは……」

「別に問題ないよ。俺にはこの子と同い年ぐらいの妹がいて、いつも一緒に入って髪を洗ってあげていたからね」

「そうですか……一応誰か入浴介助に来させますね」

「介助人は要らないと、事前にガイル公爵に伝えたはずだけど？」

「……分かりました……では、お嬢様の事、よろしくお願いいたします」

やっとお風呂場から出て行った。俺が自分でお風呂に入れないと思っていたのだろうか？

『♪　彼女はララ付の侍女ですね。今、慌てて家令のところにこの件の相談に向かっています』

『相談？』

『♪　子供とはいえ、当主家のご令嬢を、お年頃の男子と一緒にお風呂に入らせても良いものかと……自分で判断しかねたので相談しに向かったのです』

『なるほど……俺と同じくそっちの心配をしていたのか。本当に問題ないんだね？　やっぱりダメでしたって怒られるのは嫌だよ？』

『♪　大丈夫ですよ。流石に6歳になったばかりの幼女ですので、女性扱いはこの世界でもしていません』

その後に誰かが怒り狂って入ってくることもなかったので、やはり問題なかったようだ。

この世界では、謎の液体で頭も体も顔も全て洗うのだが、体は良いけど、髪はなんかごわつく……乾いたらパサつきそうな感じがする。

髪も体も洗い終えた後、ララちゃんと一緒に湯船に浸かり、出る前に体を温めているところだ。

「ある雨の日に～♪

窓の外で～　カエルが鳴いている～♪

グワァッ！　グワァ！　グワァッ！　グワァ！　グワッ～♪

カエルの大合唱～♪」

めっちゃカエルの声をリアルに再現してみせた。

「ルークお兄様、カエルはこう鳴くのですよ。ンモ～ッ！　モーッ！」

「ひゃはは！　ララ、それウシガエルじゃん！　しかもメッチャ似てるし！」

思わず素が出てしまった……。

体も温まり、お風呂場を出たら、脱衣所に先ほどの侍女が衝立《ついたて》の後ろに控えていた。

「ルーク殿下、ありがとうございました。久しぶりにララお嬢様の楽しげなお声を聞く事ができました。さ、ララお嬢様はこちらに……」

『♪　サーシャが病気になってから、最近ララは笑顔もなく塞ぎ込みがちだったようです。脱衣所で控えている間、ララの楽しそうな笑い声や歌声がずっと聞こえていて安心したようですね』

衝立の後ろから声を掛けてきたが、どうやらララの着替えをしてくれるようだ。

侍女はさっさとララに服を着せ、公爵の伝言を俺に言ってから出て行った。

最初に入った応接室に来てほしいとの事だ。

第７話　俺に専属侍女が付きました

応接室に入ると、控えていた侍女がすぐに冷たい飲み物を出してくれた。

この娘は俺をトイレに誘導してくれた侍女だね。確か名前はイリスさん。侍女も沢山いるので覚えきれないや……。

「ゆっくり入りたかっただろうに、ララがすまなかったな」

「ルークは妹のチルルの入浴係ですから慣れたものですよ」

「なんで兄様が答えるのですか……俺も楽しかったので謝る必要はないですよ」

「疲れているだろうが、少し伝えておく事がある。今回呼んだのはルーク君が騎士学校に通う際の従者の事についてだ」

「うん？　従者ですか？」

「ああ、そうか……俺たちが通っていた竜騎士学校は、従者同伴を認めてなかったからね」

そういえば騎士学校の魔法科に通っている姉様にはちゃんと侍女が付いていた……まぁ、俺の婚約者だったルルだけどね。

「兄様、どうして竜騎士学校は従者同伴を認めていないのですか？」

「授業の最初の頃に説明があったはずだが？」

「き、聞いていなかったかもしれません……」

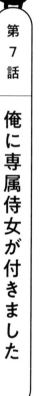

「お前というヤツは……。ドレイクに乗るのは基本1人だ。戦闘を想定した訓練が主な目的だからな。そうなると従者にもドレイクを用意する必要があるだろ？」

「あ、そうか……そう簡単にドレイクを準備できるものではないですね」

「そういうことだ。成績優秀でドレイク所持者……そうなってくるとその者が上位貴族なんだよ。下位貴族がそう簡単にドレイクを持てるわけないからな」

で、今回俺が行くのは騎士学校の魔法科だ。竜騎士学校と違い、家格に見合った従者を連れて行くのが通例なのだそうだ。

「実は急な話だったので、従者をまだ用意できていないのだ。同年代の優秀な人材は既に本年度に入学してしまっている」

そりゃそうでしょうね。でも、違う理由で従者は要らない。

「俺に従者は必要ないです」

「そういうわけにはいかないのだよ。家格が伯爵家未満の者は、従者同伴は認められていないが、裏を返せば伯爵家以上の者は連れてこいと言っているようなものなのだ……」

貴族の子供の中にはルーク君のように怠け者も多いのだ。幼少時より従者が全てやってくれるものだから、着替えの準備すら自分でできない者さえいるらしい。

そんな子たちの面倒まで教師が見るわけもなく、騎士学校側はそういう子には従者を連れてくるようにと始まったのが従者同伴制度なのだ。それがいつからか家の威信にかけて家格に見合った優秀な従者を連れてくるのが通例になってしまったみたいだね。

「俺に公爵家の鈴を付けたいのでしょうけど、流石にそれはお断りします！」

「ルーク！」

「ほぅ……あながち間違いではない。君の噂が酷いので、ストッパーになる者を付けようと考えていたのだが……う～ん……」

噂通りなら、俺が騎士学校で女子寮に進入したり、お風呂や更衣室を覗いたりしかねないと思うだろうからね。俺が問題行動を起こさないように、事前に止める者を付けようと考えるのは当然だね。

でもマジで従者は要らない。邪神退治の邪魔にしかならないからね。

それに、今もお茶係の侍女の娘がそっと部屋の隅に控えているのだけど、それとなく視線を感じるし、会話を聞いているんだよね。他人が常に側にいて控えていると思うと、庶民な俺はゆったりできない。

「悪戯はしないので、本当に従者は必要ないです」

「う～～む。信じてやりたいが、何かあったら本当に困るのだよ」

「ガイル公爵、ルークはこう言っていますが、従者は必ずお付けください。正直、俺は心配です」

「兄様！」

まさかの兄様の裏切りだった！

「それがな……方々に声を掛けてみたのだが、家格に見合った者がいないのだ……。娘には騎士学校用の侍女にと幼少時から事前に同年代の子家の娘たちに声を掛けて競わせ、その中で一番優秀だった者を従者として付けているのだが、その候補者の中に男児は含まれていない」

「王国では異性の従者も可能でしたが、公国では認められていないのですか？」

「いや、認められてはいる……」

「だから、従者は要らないと言っているでしょ！　なに勝手に話を進めているのですか？」

「あの！　お話し中に割り込んで申し訳ありません！　ルーク殿下の従者にわたくしをお付けくださいませ！」

お茶係の侍女さんが話に割り込んできた。しかも自分が従者として立候補してきただと！　嫌われ者だった王城では考えられない事態だ！

「それは、公爵家の側妻に入りたいと言っているのかね？」

ガイル公爵の静かだが怒気交じりの低い声が部屋に響いた……側妻？　なんでそうなる？

「えっ？」

言われた侍女さんも驚いている。

「なんだ、分かっていて言ったのではないのか？　ルーク君は我が公爵家の婿だぞ？　その者の従者として異性が付くという事は、側妻候補者か妾《めかけ》として世間は見るだろう」

なるほど……世間はそう見るよね……。思春期の男子が執事ではなく侍女を連れてきたのであれば、大抵は性処理も含まれているからね。

「そのようなつもりは――」

「君にそういう気はなくても世間はそう見るのだ。年頃の男子の側付きだぞ？　何もないと誰が信じる？　君が子爵程度の家格なら妾として侍女の許可を出しても良かったが、伯爵家の長女じゃ妾扱いはできない。無理な話だ」

「俺抜きで話をしないでほしいのですが……その娘は確かトイレに誘導してくれた人ですね？」

「ミハエル伯爵家の長女で、貴族見習いとして最近預かった娘だ」

「イリス・D・ミハエルと申します。よろしくお見知りおきくださいませ」

イリスさん、伯爵令嬢だったのか……どうりで気品があるわけだ。

「粗相があっては困るので、本来来たばかりの新人の娘に王族のお茶係など任せないのだが……我が家の家令の方から優秀な娘なので今回ぜひ任せてあげてほしいと頼まれてな……。まさか思惑があっての配属だったとはな……」

確かに王族への給仕は新人に任せる仕事じゃないね。【クリーン】が使えるという点を考慮しても、精々トイレ誘導ぐらいのものだろう。

「少し疑問に思っていた事があるのですが？　貴族見習いの侍女の方多くないですか？　しかも可愛い娘ばかり……ガイル公爵の趣味だったりして？」

「ルーク！　またお前は余計な事を！」

「いやいい。よく気付いたな。実はここ最近でいつもの4倍の申し込みが殺到しているのだ……理由は分かるか？」

「え？　何か理由があるのですか？」

「あるな……俺としては腹立たしい事だがな……」

イリスさんを見たら、申し訳なさそうに俯《うつむ》いてしまった。

「なるほど……夫人が亡くなった後の後妻狙いに、ガイル公爵は格好の嫁ぎ先になるのですね？」

「その通りだ！　よく分かったな？　うちに後継ぎの男児がいないので、チャンスがあると踏んだ家の者が自慢の娘たちを送り込んできたのだ。ルーク君、噂と違って優秀じゃないか！」

「一言多いです。公爵との間に男児でも生まれた日には、その家の繁栄が約束されたようなものですしね。……となると、俺はその家の者からすれば超厄介な存在ですね……。毒殺とかで暗殺されないかな……」

絶対ないと言えないのが怖い……。

「後妻狙いが無理だと思って、婿に取り入ろうとしたのかとも思ったが、そうではなさそうだな……」

「違います！　わたくしはルーク殿下の回復師としての知識を少しでもお側で学べたらと思ったのです。男女の事まで意識していませんでした。申し訳ありません」

イリスさんか……可愛い人だけど、邪神討伐の邪魔にしかならないよね。邪神討伐のパーティーに加えるにしても、戦力的に絶対この娘じゃ無理だろう。悪いが諦めてもらおう。

「君ほど可愛い娘がいつも側にいたら、絶対襲っちゃうね！」

わざと下品な言い方をして彼女の気を削《そ》ぐ。

結局この話は保留になった……。

＊　＊　＊

与えられた自室で寝ようとしているのだが、寝付けない……どうしてもお昼の殺人を思い出して手足が震えてくるのだ。

相手が極悪非道な盗賊だと分かっていても、平和な場所で育った俺からすれば今日の出来事は心の負荷が大きい。

なかなか寝付けないでいると、扉がノックされて誰かがそっと入ってきた――

「ルークお兄様……もうねむっちゃいましたか？」

「ララどうしたんだい？」

「お母様と寝てはダメだと言われてから、ララは1人で寝ているのです……。アンナお姉様が時々寝てくれますが、ララは寂しいのです」

「おいで……じゃあ今日は俺と一緒に寝よう」

「はい♪　嬉しいです！」

ベッドに潜り込んできたララちゃんから甘い花の匂いがする……これがこの世界特有の【個人香】というやつかな？

『♪　そのようですね。ララの【個人香】には【睡眠促進効果】【リラックス効果】があるようです。今のマスターにはもってこいの効果です。ちなみに匂いは個人の性格などが反映されていて、悪人からは悪臭がするそうです』

悪臭がするのか……急に自分の匂いが気になった。

こっちの世界でなくても、人は皆匂いがそれぞれ違うのだが、人間の嗅覚ではさっぱり分からない。訓練された警察犬は個人を特定して追跡したりするよね。どうやらこちらの世界では個人の匂いは顕著に違うようだ。

「おや？　ララはお花の良い匂いがするね？」

「ルークお兄様も凄く良い匂いです♪」

どうやら俺にも同じような【個人香】効果があるみたいだ。臭くなくて良かった！

ララの頭を優しくナデナデしてあげていたら、すぐにスヤスヤと寝息を立て始めた。

安らかな寝顔のララを抱っこしながら眺めていたら、不穏だった心が落ち着き、知らない間に俺も眠っていた。ララに感謝しないとね……。

＊　＊　＊

翌朝、姫様一行が王都に帰った後、公爵家全員の診察を行う。

家令と侍女２名が感染していた。よくガイル公爵と行動を共にしている者たちだそうだ。

「ガイル公爵の近辺に感染元がいそうですね……咳を頻繁にしている者がいたら、強制的に隔離しておいてください」

「ふむ、了解した。今回うつっていた者たちからは広まらないのか？」

「治していますので問題ないです」

お義母様と介護者だった娘の治療も行い、午前中で俺のする事はなくなった。

よし！　ならばダイエットだ！

公爵家にある訓練場に案内してもらい、兄様にお願いして稽古をつけてもらっている。

「ルーク、酷すぎるぞ……」

20分もしないうちに息が上がって立てなくなった。

「ぜぇ〜、ぜぇ〜、く、苦しい……」

「指導以前の問題だ。痩せてもっと体を鍛えろ！」

「分かりました……」

訓練場で鍛錬中だった騎士たちには白い目で見られてしまった。

指導以前だと怒られ、兄様にランニングをさせられたのだが、マジで死ぬかと思った。

姫と一緒に王都に向かわないで公爵領にいる理由……兄様が明日王都まで騎竜で送ってくれるのだそうだ。

夕刻になりガイル公爵に呼び出される。

「済まないな……従者がまだ見つかっておらぬ。兄上に絶対付けろと言われたので、付けないというのはやはりダメなようだ」

国王命令で強制的に従者を付けられるのか……。

「はぁ……それだったらもう誰でも良いですよ」

「そうもいかぬ！　公爵家に取り入ろうと良からぬ悪だくみをしてくる者がいるのだぞ。そういう者を排除する役割も兼ねて従者は必要なのだ。君だけだと心配で胃に穴が空きそうだ」

その時、侍女のイリスさんが家令とともに部屋を訪ねてきた。

「ご当主様、先日の従者のお話ですが、わたくしではやはりダメでしょうか？」

「それは側妻として取り入りたいという事か？」

「そうではございません。昨晩悩みましたが、どうしてもわたくしはルーク殿下に弟子入りいたしたいのでございます。教皇様を凌ぐその御業《みわざ》をわたくしも学びたいのです……」

「だが、君も彼の噂は知っているだろう？」

「はい……。ですがお噂ほど酷い方だとは思えません。わたくしはルーク殿下の側で、再度回復師として学びとうございます」

俺の噂ね……ガイル公爵が言っているのは、お風呂覗いたり、着替え覗いたりとかのエロい部分のやつだろうね……。

「それに、まだ娘も婿殿と対面していないというのに、先に別の女をあてがうなど……」

「なんで俺が手を出すこと前提なのですか……」

「出さないのか？」

「目の前にこんな可愛い娘がいて手を出さないのは失礼でしょ！　でも彼女、16歳じゃないでしょ？」

兄様とガイル公爵に睨まれてしまった。

「はい。わたくしは今年騎士学校の魔法科を卒業いたしました。専攻は回復魔法と薬学を取っていました。今年19歳になります」

「俺に手を出されたとしても、弟子入りしたいって事？　それは親の命令？　君の意思？」

「わたくしの意思でございます。わたくしは前回侯爵家のご令嬢の従者として3年間通わせていただきましたので、料理などにも自信がございます。成績も5位から下を取った事はございません……ルーク殿下がお勉学でお困りの時はお教えできると思います。お役に立ちますので、どうかわたくしを従者にお選びくださいませ！」

めっちゃ自己アピールしてきた！　なに考えているのかさっぱり分からん！

『妖精さん！』

『♪　マスターにお手付きになり、妾扱いされ、最悪捨てられ嫁に行き遅れたとしてでもマスターの技術を習得して人々の役に立ちたいと考えているようです』

『妖精さん言い方！　家の都合や親の命令みたいなのはないのか？』

『♪　家に昨晩相談を入れたようですが、伯爵家としては何としても取り入れとの指示です。ですが彼女に変な悪意や害意は一切ないですね。とても良い娘です。邪神討伐には邪魔ですが、どうせ誰か付けられるのなら同じ事です。それならマスターに尊敬の念を抱いている娘の方が良いのではないですか？』

『う～ん、でも俺は1人の方が気楽なんだけどな～』

『♪　国王が絡んできたら、最悪暗部の者を付けられちゃいますよ？　むさくるしい男の従者が付き従うより、目の前の可愛い女子の方が良いと思いますけどね……3年間ですよ？』

そりゃそうだ！　3年は長い……暗部の奴とか陰険そうなイメージがあるのでなんか嫌だ。

「ガイル公爵、絶対誰か従者を付けられるのなら、この娘にお願いします」

「う～～む、ミハエル家とは良い関係なのだが……」

「そういえば、ガイル公爵のお嬢さん……男性恐怖症なんですよね？　俺と結婚なんてできるのですか？」

「知っていたのか……正直に言うとだな、この縁談話は勝手に兄上が進めてしまった事なのだ。だがいつまでも公爵家の娘が結婚しないで家に塞ぎ込んでいるわけにはいかぬ。貴族は民の税で暮らしているのに、貴族の務めも果たさないで家にこもるなど俺は許さぬ。そこでエミリアには一般的な貴族家同様3年の猶予を与えたのだ……騎士学校に通っている間に自分で婿を探せとな……」

「じゃあ、騎士学校で彼女に良い人ができたら、俺はどうなるのですか？　良い笑い者ですね」

「エミリアの男性恐怖症は相当なものでな……俺は騎士学校に通っている間に改善できるとは思っていないのだ。最初は男がいる騎士学校に行きたくないとごねていたほどだ。しかし何がきっかけかは知らぬが、1年ほど前から魔法技術を学びたいと言い出してな……まぁ、婿探しはエミリアには無理だろうとそう判断して、卒業する頃までに兄上に良い婿を探してほしいと頼んでいたのだ」

「男を嫌がる娘にそこまでして婿探ししなくてもいいと思うのですが……アンナちゃんかララちゃんでも良いわけでしょう？」

「家格が高いほど貴族の権利は大きい。だがその分義務も生じるのだ。上位の者が義務を放棄すれば、下の者に示しがつかないだろう。それに商都だけあって俺の領内でも結構労咳が流行っていて、俺もいつうつるか分からないから、結構焦っていたのだ。そうしたら兄上から婿を決めてやったと急に連絡が来てな……」

　商都だと外部からの人の出入りも多いだろうしね……こういう病は広まりやすい環境だよね。

「その婿が隣国で噂の『オークプリンス』だったと……よく納得しましたね？」

「納得はしていなかったが、兄上は絶対損をするような取引はしない……なにか婿に選んだ理由があるのだろうと考え、俺から婿探しを頼んでいたこともあって結局了承したのだ」

「『卒業まで』という結婚相手を探す猶予が切れたら娘の意思は無視ですか？」

「3年も猶予は与えている。普通はそれでちゃんと自分で見つけてくるものだ。俺だってエミリアの事は可愛いと思っている。実際に君と会って、噂通りの下種《げす》な男だったのなら叩き出すところだったが……見た目はともかく、俺的には悪くないと今は思っている。ララがあれほど人に懐いた事はないのだ。しかもたった数時間でだ……あらためて兄さんの目利きに感心したほどだ」

「ただ子供に好かれやすいだけですよ……」

「ララには人の悪意を敏感に感じ取れるユニークスキルがあるのだよ。だから人に怯えてあのようなおどおどと人の背に隠れるような性格になってしまったのだ。だが、そんなララが一瞬で懐いてしまった……俺は人の噂より、ララの能力の方を信じているからな……」

ララちゃんにそんなユニークスキルがあるんだね。まぁ今はイリスさんだね……従者とか、日本で普通に育った俺からすれば、側にいるだけで気疲れしそうだ。

「そういえば一度卒業した彼女が再度入学できるのですか？」

「その点は心配ない。頻繁にはないが、数年に一度はある事だ」

「そうなんですか？」

「従者になる者は優秀じゃないと務まらない。仕える主人の世話をするのがメインなのだが、世話をしつつ自分の成績を落とすわけにはいかないからな。成績が他家の従者より悪いと、従者に選んでくれた主人の家名に泥を塗ってしまうので、皆必死なのだ」

「なるほど……そこで、成績が優秀だった卒業生なら勉強の方の心配は要らないと……。ところで従者って何が主な仕事なのですか？」

「それはイリスの方が詳しいだろう」

「はい。掃除・洗濯・毎日のお食事・勉強を見たりもしました。あと、護衛も仕事の1つですね」

「護衛？　色々やってくれて生活は快適そうだけど、護衛って？」

「公爵様が言われたように、家格が高いと悪意を持って言い寄る者も多くなります。そういう者たちと係わりを持たせないようにするのも従者の務めです。物理的な護衛もある程度できるように剣術も嗜んでいます」

「物理的……随分ぶっそうだね。ちなみに君の種族レベルは？」

「種族レベルは28で、剣の熟練度は【剣聖】レベル３です」

そう言われても今一ピンとこない。

『♪　剣の熟練度は５段階あり【剣士】↓【剣聖】↓【剣鬼】↓【剣王】↓【剣神】となっています。各段階で熟練レベルが10段階あるので、【剣聖】レベル３は中位冒険者並みってぐらいですね。種族レベルは20を超えると一気に上がりにくくなるので、従者をやりながらのレベル上げは大変だったと思います』

「兄様は？」

「ここではちょっと言えない」

「それもそうか……次期国王のレベルとか晒《さら》せませんよね」

『♪　ジェイルの種族レベルは32、剣の熟練度は【剣鬼】レベル４です。精鋭騎士には及びませんが、年齢を考えたら大したものですね』

「そういうルーク君はいくつなのだ？」

兄様の顔を見たら頷いた……教えて問題ないって事か。

「俺は種族レベル20で、剣の熟練度は【剣士】レベル８です」

「【剣士】レベル８か……幼少時より習っていた割りに低いな……」

俺のこのレベルも高レベルのアサシンを単独で殺した時に上がったものだ。

盗賊退治がなかったら、公爵が得ている俺の情報と差異が生じて問題になっていたかもしれない。

ルーク君の種族レベルは18だったんだよね……得意な主属性の中級魔法を発動するのがやっとだった。

「イリスに確認しておきたいんだけど……」

「はい。何なりとお聞きください」

「俺の従者になると色々陰口を言われると思うのだけど、その辺の心構えはあるのかな？」

「はい。ルーク殿下の酷いお噂は私も聞いております。どのみち卒業生が再度入学した時点で周りから浮いてしまいますので、そういう覚悟はいたしております」

「あ〜、同級生になる者との年齢差もあるのか……元成績上位の卒業者だと、周りが気を使いそうだね」

「はい……」

「それと大事な事なので確認するけど、イリスは伯爵家の長女だろ？　君ぐらい可愛かったらとっくに婚約者がいるんじゃない？　俺の従者になんかなっていいの？」

「そういうお話は沢山いただいたのですが、誰とも婚約はいたしておりません……」

「なんで？　ここのエミリア嬢のように男性恐怖症ってわけでもないだろうに……。君の両親はどういう考えなのかな？」

「……騎士学校在学中に良い殿方を見つけられなかった私は、父の紹介で結婚させられそうになっていました……。母が反対してくれ、公爵様の家で貴族見習いに就くことで2年の猶予を再度得たのです」

「イリスは俺との変な噂が立っても問題ないんだね？」

「はい。ルーク殿下の回復師としての知識やコツなどが学べるのであれば、世間の噂など気にいたしません！」

「まぁ待て。イリス嬢の気持ちは分かったのだが、色々ルーク君に関しては問題があるのだ……ルーク君、君の役目は理解しているか？」

嫌な質問だ……だが、公爵としても念を押しとくべき最重要案件なのだろう……。

「公爵家の次期跡取りになる者を作る事？」

おそらくガイル公爵は俺に公爵位を譲る気はないだろう……まだまだ十分若い。娘に男児を産ませて、その子を次期領主にするべく幼少時より教育をするつもりなのだろう。

「そうだ……だが、兄上はそれ以上を望んでいる……」

「それ以上？」

「君の優秀な属性遺伝子を、できるだけ沢山この国に残してくれとの事だ……兄上は今回君と引き換えに、10人差し出すらしい。この国には圧倒的に聖属性の属性持ちが少ないのだ。だからイリス嬢との話を聞いた兄上は大いに喜んでいる」

イリスも主属性が聖属性だからね。

「それって俺1人に対して、代わりにこの国から10人誰かが嫁や婿に出されるって事？」

「そうだ……。だから君に最低でも10人子供を作ってほしいと言われている。だが、それだとエミリア1人じゃ無理な話だ。アンナやララも本人が良ければ嫁に入れてもらう」

姉妹丼！　完全な種馬扱いジャン！

「それって俺の意思や意見は聞いてもらえるのですか？」

「勿論君の意思は尊重するが……噂通りなら問題ないだろ？」

噂通りね……思春期真っ盛りのエロガキだと思ってんのか？

「はぁ〜……言っておきますが、俺に女性経験はないですよ？　エッチなのは事実ですが、噂ほど節操がないって事はありません」

「そうなのか？　娼婦の家へ10日ほど家出していたと聞いているが？」

「そ、それは事実ですが……何もしていないです。行く場所がなかったので、絶対見つからないだろうと、金を払って居候していただけです」

「そうか……エミリアの気持ちもあるだろうが、優秀な遺伝子を沢山この国に欲しいというのも本音なのだ。そこでイリス、父君が妾でも良いというのであれば、君が従者になる事を認めても良いと思っているのだが……」

「それって言葉を濁しているけど、妾になって子供を産む事が絶対条件じゃないですか！　そんな理不尽な条件は不要です！」

「この件にルーク君の意見は必要ない……イリス嬢の気持ちの問題だ」

「ルーク殿下がお望みとあらば、心構えはできております……」

「へっ⁉　君は好きでもない男に抱かれても平気って事？」

「ルーク殿下……私にも打算的な考えがあっての決断です。誰でも良いわけがありません！　このまま2年後に、好きでもない男に嫁がされるくらいなら、尊敬できるルーク殿下の方が絶対良いに決まっています」

「えっ！　まさかのデブ専‼」

「そんなわけないでしょ！　痩せて鍛えている殿方の方が良いに決まっています！　あ……失礼しました……私が食事係なので、これを機に痩せていただきます」

「これでも少し痩せたんだよ」

余計な事を言ってしまい、ちょっと怒らせちゃったかな……なにやらブツブツ言っているけど大丈夫かな……。

その後のやり取りで、正式にイリスが俺の専属侍女に付くことになった。

＊　＊　＊

その日の夕飯もサーシャさんが参加したいと言ってきた。

勿論回復魔法を掛け、【エアシールド】で体表を覆って防菌してから食堂に迎え入れた。

「ルークさんがいない間は部屋で食べないとダメかしら？」

「はい、アンナちゃんやララちゃんに病気をうつしたくないのなら、部屋で食べてください」

「う～、そんなこと言われたら絶対ここにはこれないです～」

可愛い人だ……。

「そういえば盗賊たちはどうなったのですか？」

「ふむ、尋問によって盗賊の拠点が我が商都内にあると判明した。すぐに憲兵を向かわせたが、残念ながら既に逃げた後だった」

「そうですか。少し時間が経ってしまいましたので仕方がないですね」

「うむ。だが、捕らえた奴らの【クリスタルプレート】内に仲間の画像が保存されていたので、そこから残党の身元が全て割れた。手配書を作成して国中にばらまくので、いずれ全員捕まるだろう。それだけでも価値はあった。君たち２人には本当に感謝している」

「それは良かったです」

「それと、ミーファにアサシンを差し向けた侯爵は兄上によって裁かれたと連絡が入っている」

裁かれた……娘たちの前なので言葉を選んでいるけど、首を刎《は》ねちゃったんだね。

「そうですか、事件がすぐに解決できて良かったですね」

ここで兄様が少し眠そうな顔で俺に内緒話をしてきた。

「ルーク、お前は昨晩平気だったのか？　昨日あんな事があったのに、なんかいつも通りに見えるのだが……」

なんら変わらない俺の事が気になったのかな？

「昨晩ララちゃんを抱っこして眠ったのです」

「そうなのか？　うん？」

だからなんだという顔だね……。

「ララちゃんには【睡眠促進効果】と【リラックス効果】が【個人香】にあるようです。ララちゃんと少し会話していたらいつの間にか朝までぐっすりでした」

兄様は初めて殺人をしたことで寝付けなかったのだ……俺がそうだったからね。ララが来てくれるまでは、目をつむると俺が殺した相手の最期の苦痛に歪《ゆが》んだ顔を思い出して嫌な気分だった。

兄様はそういう睡眠不足に加え、昼から俺の剣術を見てくれていたので、一気に疲れが出てあまり体調は良くなさそうだ。

「そうなのか……それは羨《うらや》ましい」

「ルークお兄様、ララもぐっすり寝れました！　今日も一緒に寝ても良いですか？」

兄様とここそ話していたのだが、ララちゃんは俺たちの会話を聞いていたみたいだ。

「ララのお父さんが良いって言ったらいいよ」

「その言い方はズルいだろう……。ダメと言ったら俺がララに嫌われそうだ。ララはルーク君と一緒に寝たいのかい？」

「はいお父さま！　お兄様が一緒に寝てくれたら、寂しくなくて、朝までぐっすりです！」

「そうか……じゃあ、良いよ」

「あんたララに変な事したら許さないからね！」

「へ～、アンナちゃん。変な事ってなにかな～？」

余計な事を言ったらめっちゃ睨まれた！

「アンナ、殿下に対して『あんた』などと公爵令嬢が使う言葉ではないですね。将来あなたの兄になるお人です。『お義兄様《にい》』とお呼びなさい」

「お義母様、別にいいですよ。世間の俺の評判はこんなものです」

「躾がなってなく、お恥ずかしい限りです……」

体調が改善されたお義母様も皆と同じものを食し、楽しい晩餐になった。

アンナちゃんと打ち解けるにはもう少し時間が掛かりそうだ。

＊　＊　＊

翌朝、兄様とイリスさんと3人で王都に向けて出発する。

「バルス、3人だけど頑張ってね？　兄様、王都までよろしくお願いします」

「ジェイル殿下、わたくしまでありがとうございます」

「ああ、問題ない」

「ジェイル君、本当に護衛は要らないのかね？」

「はい。ドレイクに挑んでくる魔獣がまずいません。それにドレイクを所持しているような盗賊もいないでしょう。同じく暗殺も国が関与していない限り不可能です」

「そうだな……この国でも飛竜所持者は国で管理されている。これほどの巨体を隠して飼育するのは無理だろう。もし君たちが上空で飛竜部隊に襲われたのなら、どこかの国が関与したと思って間違いない」

「それに街道と違い、どこを通って王都に行くかなんて道なき空なので、待ち伏せできるのは王都の門付近くらいです」

「ふむ。それもそうだな。ルーク君、エミリアの事よろしく頼む……」

「まぁ、3年あるので、男性恐怖症の事はしばらく様子を見てみます」

「そう言ってくれるとあり難い！　無理に迫って男性恐怖症を拗《こじ》らせるような事だけはしないでくれよ？　あと、妻の事もお願いする」

お義母様の事はちゃんと診るつもりだが、俺は公爵家で種馬にされる気なんかさらさらない！

異世界転生子作りハーレムを喜ぶ奴もいるかもしれないが、俺にとっては面倒なだけだ……本当に好きな娘が見つかれば、その娘1人いればいい。

将来的にその娘とどこかの町でのんびり暮らしたいものだ……現代知識を生かして店を持つのも良いだろう。

俺にとって何より優先される事案は邪神退治なのだ！　そのためには痩せないとスタート地点にすら立てない。

ガイル公爵やこの国の王が色々女をあてがってきそうだが、表向きは従順を装って、ある程度この世界の事を知り、強くなった時点で逃げるのもありだろう。

土地勘もなく、世情にも疎い……今は同じような体型のオークにすら負けかねないので、今このまま逃げ出すのはかなりまずいのだ。騎士学校在学中の3年間になんとしてもこの環境を変えないといけない。

「分かっています。『召喚の儀』を終えた後の週の土曜日に帰ってきて、お義母様たちを完治させてから正式に通うようにしますので」

「すまないな……」

「ルークお兄様、またすぐに来てくださいね！」

「うん。ララちゃんまたね～」

アンナちゃんも手を振ってくれてはいるが、社交辞令的なやつだね。

兄様の操縦でゆっくりと助走をつけて空に舞い上がる。

「ところでイリス……」

「はい。なんでしょうか？」

「騎竜に乗るのだから、革ズボンなのは良いとして、何故金属製のプレートメイルを装着しているんだ？　背に当たって少し痛いのだが……」

バルスに３人用の鞍《くら》を付けて兄様が前で操縦、次に俺、一番後ろがイリスなのだが、おっぱいイベントが発生する予定だったのに、何故か背には硬い金属がゴリゴリ当たっている。

「申し訳ありません……ですが、騎乗の際の標準的な装備ですのでご容赦くださいませ」

君、絶対分かっていてそうしているだろ！

そこは俺の背におっぱいが当たって、『えへへ、ラッキー！』ってなるところだろ！

俺は恋愛とかは面倒でも、女の子との触れ合いは大歓迎なんだからね！

第８話　お買いものデートは楽しいです

途中休憩を何度か取り、王都の正門前に辿り着いた。

馬車だと3日の距離だそうだが、飛竜だとゆっくり来ても半日の距離だった。

「バルスお疲れ様！　３人乗りは大変だっただろ、ありがとうな！」

「ぐるる～～♪」

「お前が2人分あるからな。実質４人乗っていたのと変わらない」

「グッ……そうですね。バルス、ほらお前の好きなゴブリンだ！　お食べ～」

「またお前はそうやってすぐ甘やかす」

「バルスには当分会えないのだからいいでしょ」

「そうだな……」

「兄様はこの後どうなさるので？」

「国王が明日帰還されるとの事なので、今晩は王城で1泊して、明日に王と謁見してから翌日自国に帰る事になるだろう。だからルークとはここでお別れだ……」

国王はミーファ姫の件で、侯爵領にて事後処理中だ。

「そうですか……。ジェイル兄様、ルルやチルルたちにお別れも言えず申し訳なかったとお伝えしてもらえますか？」

「分かった……。ルーク、ルルティエの事は良いのか？　お互い好き合っているのに、勝手に知らないところで話が進んで別れさせられて、お前は納得できるのか？」

「王太子らしくない考え方ですね……」

「俺は次期国王になる予定だが、それ以前にお前の兄だ……可愛い弟が悲しむ姿は見たくない」

やっぱり兄様カッコイイ！

「お気持ちは嬉しいですが、今の俺ではどうする事もできません。……ルルにはすでに侯爵家の嫡男との縁談話も進められているようです……」

「俺ならその話を止められる……ルルを俺の婚約者にすれば、その話は強引だが止められるだろう」

兄様にまだ決まった相手はいない。縁談話は山のように来ているのに、決して首を縦に振らないのだ。

「兄様はルルの事が好きなのですか？」

「ルルのことは可愛いと思うが、ルルがお前の事を好きなのは知っているから、そういう感情を持ったことはない。……お前にだけ話すが、実は俺には想い人がいるのだ……。ただ彼女には問題があってだな――」

「えぇ～～⁉　兄様、カリナ叔母様の事が好きなのですか⁉　しかも両想い⁉」

カリナ叔母様……お父様の一番下の妹で、かなりの変わり者だ。

見た目は若いが、30代前半だったと思う。

お爺様に20歳の頃、一度強制的に嫁に出されたのだが、その日のうちに旦那を半殺しにして出戻ってきたという経歴があり、それ以来王宮の離れでひっそり暮らしている人物だ。

一言でいうなら剣バカ……ルーク君を見かけると『このデブ！　痩せろ！』といつも絡んできて剣術を教えようとしてくるので、かなり苦手としていた人だ。

「そういうわけだ……お父様はともかく、お爺様が彼女を認めないと思うんだ」

お爺様ね……この人もルーク君の苦手とする人物の一人だ。

ヴォルグ王国の家系は火属性を得意とし、その遺伝子を多く受け継いだ者は赤い髪色で生まれてくる。俺は母様の遺伝を多く受け継いでいるのでシルバーブルーなのだ。

真っ赤な王家特有の髪色のお兄様たちの事はめちゃくちゃ可愛がるが、ルーク君に対しては興味を示さなかった。お母様が過剰に俺に対して教育熱心になったのも、こういう事が原因になっているのだろう。それに反発してルーク君は勉強しなくなっちゃったのだけどね。

「二人の仲は進んでいるのですか？」

「ああ、だが今の俺ではお爺様を説き伏せるだけの実績がない。だから彼女にはあと数年待ってもらう事になる。お前は反対か？」

「いえ、カリナ叔母様は少し苦手ですが、本人同士が好き合っているのなら俺は応援します」

「そうか、ありがとう。で、ルルの件はどうする？」

ルーク君の感情にこれ以上引っ張られたくないんだよね……。

「いえ、何もしなくて良いです。ただ、兄様の方で少し気に掛けてやってください」

「素直じゃないな……きっと後悔することになるぞ？」

後悔か……ずっとルーク君の記憶に引きずられるのであれば、間違いなく後悔するだろう。

「どうしてもルルのことが忘れられない場合は、自分で何とかします」

門番の了承を得てから王都の城下町に入る。

王城から馬車の迎えが来ていたので、兄様とはここでお別れだ。

お互いに暫く抱き合って別れを惜しむ……。

＊　＊　＊

「イリス、俺たちはこの後どうするんだ？　このまま騎士学校に行くのか？」

「まずは生活用品の買い出しですね。寮にはベッドと勉強机しか置いていませんので、すぐに要るのはベッドシーツなどの寝具や調理道具と食材ですね。応接セットも必要になります」

というわけで、王都観光も兼ねて買い出しに向かった。

イリスは最近まで王都暮らしだったので、迷う事なくお目当ての物を買っていく。

あらかじめ買う物をメモしていたようで、買った物には○を付けていっている……イリスちゃん、思っていた以上に優秀な娘だね。

俺は買ったものを【亜空間倉庫】に入れるだけの荷物持ち状態だ。

「イリス？　なぜめっちゃ高い品と普通の品を買っているんだ？」

今、イリスは高級店で食器を買っているのだが、かなり高い物をポンポン買うのだ。庶民的な感覚の俺はその額にビビッて思わず途中で声を掛けた。

「普通の品は私たちが普段使う食器です。高い物はお客様がいらした時にお出しする物なので、王族として恥ずかしくない品を用意する必要があるのです」

「なるほど……では、引き続き品選びはイリスに任せるとしよう」

お金は1億ジェニー持っている。公爵家へ持参金として渡したお金を、ガイル公爵はそのまま俺に渡してきた。色々入り用だから俺の好きに使えと渡されたのだが、確かに結構お金が掛かるようだ。父様から貰った１００万じゃ足らなかったな。

『♪　公爵はマスターのお金の管理能力も見たいと考え、1億そのまま持たせたのです。考えなしに使う人物なら、公爵家の財政は任せられないと考えています』

『そういう思惑もあったのか……俺に後を継がせる気はないようだけど、色々考えているんだな』

６人掛けの重厚感のある高級食卓用テーブルセットと応接セットも買った。

「なぁイリス……こんな大きな家具を置けるスペースがあるのか？」

「王族用の寮のお部屋は最上階の特別仕様になっています。かなり広いですよ」

市場でも色々買い漁った――

「ルーク殿下、生ものは買い控えてくださいませ……買ってもそう何日も持ちません。いくら食材を一杯買っても、ルーク殿下のお食事は適量しかお出ししませんからね！」

いずれ【インベントリ】の事は話そうと考えているが、今はまだ早いかな。イリスはガイル公爵が付けた鈴でもある。今話せば全て報告されてしまうだろう。それはかなりまずい。

重量無制限で時間停止機能付き……仮に戦争が起こっても、俺1人いれば補給物資のための人員が一切要らなくなるのだ。数万人規模での軍移動の際、それに伴う食材や武器・防具品の運搬にかなりの人数がいる。食料が腐らないというだけで、籠城戦をやったとしても攻めでも守りでも兵糧戦で負ける事がなくなるのだ。

ばれたら絶対ヤバい事になる。

「イリス、殿下ってのは止めよう」

「ではルーク様とお呼びします」

食材はもっと買っておきたかったのだが、イリスに止められてしまった。

＊　＊　＊

雑貨や食料を買い込み、騎士学校に向かう。

まずは担任に挨拶に行って、寮の部屋番号を教えてもらった。

4階の1号室。401号室――最上階の角部屋で日当たりも良いとの事。

寮は4階建ての外壁はレンガ造りで、かなり大きいものだった。

「4階は防犯のために、公爵以上の家格の者しか立ち入りが許されていません。現在男子寮の4

階にはルーク様だけですね。来年になれば公爵家の者が２名入られると思います」

「へぇ～、じゃあ今年は俺の貸切りだね。イリスは去年３階だったのだろ？」

「はい。３階には伯爵と侯爵位の者が入っています。４階よりお部屋は狭いですが、従者用のお部屋も付属されていてなかなか快適でしたよ」


寮は全部で４棟ある。
・一般男子・女子寮：４階建て（全室２人部屋）
（風呂・トイレ共同。カーテンによる間仕切りあり）
・貴族用男子・女子寮：４階建て（全室個室）
１階・２階：子爵・男爵・準男爵・騎士爵が入れる
（風呂・トイレ共同）
３階：侯爵・伯爵が入れる
10畳ほどの部屋があり、６畳ほどの従者部屋が内部屋として付く
（小さいが風呂・トイレが完備）
４階：王族・公爵が入れる
20畳ほどの部屋があり、８畳ほどの従者部屋が内部屋として付く
（４人ぐらいが入れる風呂があり、トイレも完備）
「はぁ～、はぁ～……ふぅ……１階の方がいいね……」

「ルーク様は痩せないとダメです。階段を登っただけで息切れとか……運動不足です」

勿論ダイエットはするけど、この階段を毎日出かける度に使うのかと思うとちょっと憂鬱だ……『エレベーターないの？』って言いたくなる。

部屋に入ったのだが、広い！　そして綺麗だ！

家具はベッドと勉強机しか置いていないので、尚《なお》の事広く見える。

「凄いな……4階なのにやっぱりトイレがある」

「ヴォルグ王国では上の階にトイレやお風呂を造らないそうですね？」

「お風呂は上の階にもあるよ。でも基本1階に造っている。排水のための設備が要るからね」

部屋の設備をチェックし、部屋全体に【クリーン】を掛けた後に買ったものをセットしていく。

「キッチンも小さいながら充実した設備だね。この蛇口はお湯も出るんだ？」

「はい。お風呂の物と一緒で、温度調整もできる魔道具です。定期的に核になっている魔石の交換が必要ですが、屑《くず》魔石で良いのでそれほど経費はかかりません。保冷庫はありますが、それほど多くは入れられません。オーブンの魔道具がないのが残念です」

買ったものを全部セッティングし終えたら、イリスが早速お茶を淹れてくれた。

「ありがとうイリス。疲れただろう、部屋で休んでいいよ」

「はい。ありがとうございます。それでは何か御用がございましたら、この呼び鈴を鳴らしてください」

銀色の呼び鈴を手渡された。ミスリル製のお高い品だそうだ……。

「分かった。そういえば担任の先生が明日はまだ出席しなくていいって言っていたね」

「はい。明日は試験休みだそうです。あの、これからエミリア様に会いに行きませんか？」

う～ん……婚約者に興味がないわけではないのだが、俺の方から出向いて今すぐ会いたいってほどでもない。

「イリスの方から到着したと彼女の侍女に連絡だけ入れておいてくれ。いくら婿入りでも、大国の王子がなぜ家格が下の公爵家の娘のところに出向いて行く必要がある。形式的なものとはいえ、向こうから会いに来るのが筋だろう」

「失礼しました！　そうですね……エミリア様から会いに来るのがマナーです」

「と言ったけど、男性恐怖症の彼女が自分から会いに来るとは思っていない。明後日《あさって》教室で会えるだろうから、別に形式ばって行動する必要はないと言ってあげてくれ」

「……びっくりです。ルーク様って、相手の事をちゃんと気遣って考えられるお方ですのね。噂ってホントいい加減なものです……」

「俺の噂は結構事実だったけどね……。明日、午前中に教会に行きたいのだが、問題ないか？」

「教会ですか？　ええ、大丈夫です。ではお供しますね」

「いや、来なくていいよ。俺１人で行ってくる」

「それはダメです……公爵様にしばらく一緒に行動するよう言いつかっております」

「騎士学校が休みの時は別行動の予定だよ。そうじゃなかったら君に休みがないのと一緒だろ？休日は君の好きにすればいいからね」

「ルーク様を信じてお話しします。公爵様にルーク様が逃げるかもしれないから、当分の間片時も目を離さず見張ってくれと言われました。もしルーク様が逃げた場合、私は責任を取らなければなりません……なので、暫くは行動を御一緒させてくださいませ」

なんてこった……別行動ができないのなら、レベル上げに行けない。俺を種馬としか見ていない公爵や国王にばれたら、魔獣を倒さないといけない危険を伴うレベル上げなんか行かせてもらえないだろう。常に側にいるイリスには、ある程度邪神の事を話して、女神の名を借りて誰にも言うなと口を封じるしかないかもしれない……。

第９話　ステータス

イリスを従者部屋に下がらせ、やっと一人でくつろげる時間がとれた。

夕飯の準備をする時間になるまで2時間ほど余裕がある。この辺で一度ゆっくりステータスの確認をしておきたい。

【クリスタルプレート】を呼び出し、ステータスを細部までじっくり眺める。

《ルーク・Ａ・ヴォルグ》
ＨＰ：１１７４　ＭＰ：７５８　種族レベル：20　年齢：15　職業：（１ｓｔ）：竜騎士
攻撃力：２１２　防御力：２８０　敏捷《びんしょう》力：１１５
知力：４４２　精神力：６９８　運：５１２　ＡＰ：６１５
《スキル》
　中級魔法・初級魔法
　　火属性　水属性　雷属性　風属性　地属性　聖属性　闇属性　生活魔法
特殊支援系

【カスタマイズ】【インベントリ】【詳細鑑定】レベル3
【周辺探索】レベル1　【無詠唱】

総合支援系
【身体強化】レベル2【隠密《おんみつ》】レベル5【忍足】レベル4【腕力強化】レベル1
【脚力強化】レベル2【魔力察知】レベル3【魔力探知】レベル3
【気配察知】レベル4【魔力操作】レベル6

戦闘支援系
【剣士】レベル8【槍士《そうし》】レベル3【拳士】レベル5【弓王】レベル6

生産支援系
【錬金術師】レベル8【錬成術師】レベル7【調合師】レベル8

ちなみに火魔法の初級魔法はこんな感じだ。
【ファイアボール】：爆裂系　【ファイアウォール】：範囲防御系
【ファイアスピア】：貫通系　【ファイアストーム】：範囲攻撃系

生活魔法には役に立つ便利なものも多い。

【ファイア】は火が起こせる。【アクア】は美味しい飲み水が出せる。【サンダー】はビリッとする程度だが、脅しには使える。【ウィンド】は風をおこせるので、【ファイア】と併用すればドライヤーの代わりにもなって便利だ。【ストーン】小石が出せる……スリングショットの弾や礫《つぶて》に使える。【ヒート】温かくできる。【クール】涼しくできる。【ライト】照明の代わりになる。【クリーン】掃除や洗濯、食器洗いや殺菌、お風呂に入れない時の清潔維持にも使えとても役に立つ。【フロート】重力を操り、重さを調節できる。

う～～～ん、これはやっぱり見られたらまずいな……。

元々ルーク君は、得意な順に聖↓闇↓水・風↓雷の5属性持ちで、かなり優秀だったのだが、回復魔法以外の熟練度は低く、攻撃魔法は初級魔法しか扱えていなかった。しかし、どうやら神の祝福や恩恵をやたら得たようで、今は全属性の魔法が使えるようになっている。

『♪　ルーク君の体ではありますが、魂的なものはマスターのものですからね。この世界より上位世界の人間なので、全属性使えて当然です』

『でも俺のいた世界に魔法なんかなかったぞ？』

『♪　なかったのではなく、魔素が少ないエリアにいたので使えなかったようです』

よく分からないが、使えるものは使わなきゃね。

それにしても総合支援系の得ているスキルがなんか変だ……これじゃ暗殺者みたいだな。

『♪　覗きをやっていた際に会得したもののようです……』

『アホだな！　【隠密】レベル5、【忍足】レベル4、【気配察知】レベル4って中級レンジャー並みじゃないか！　これだけレベルが高いって、どんだけ必死で覗いたんだよ』

呆《あき》れたが、今後は俺が有意義に使ってやることにした。

レベルアップで得たＡ　Ｐ《アビリティーポイント》が結構ある。

【詳細鑑定】に1レベル使っただけなので、今は余裕がある。

『【カスタマイズ】で弄ってAPポイント使うならどれが良い？』

『♪　【身体強化】は絶対ですね。五感も含めた体に関する全ての強化ができるので、レベル10にしただけで人間辞められます』

『それ、俺が急に強くなったらまずくない？』

『♪　マスターにこの世界の命運がかかっているのです。世間体を気にして何も為《な》さないまま転生数日で死亡とか笑えませんよ？』

『そりゃそうだ……』

『♪　そもそもマスターの事を詳細に知っている人物がこの国にはいないのです。噂と違って凄いと思うだけではないでしょうか？』

妖精さんと相談の結果、レベル上げの狩りに行く時に一気に上げようという事になった。とりあえず【身体強化】をレベル5に、【剣士】レベル8を一段上の【剣聖】レベル10にしておく。

【身体強化】レベル5は、体が凄く軽く感じた……筋力が増えたら基礎代謝が上がって痩せやすくなるし、良い事ばかりだ。本当はもっと上げたいところなんだけど、急激な肉体変化は体に負担が大きいのでダメだと妖精さんに止められた。

妖精さんの判断では、学校内なら【剣聖】レベル10もあれば、そうそう後れをとる事はないそうだ。

＊　＊　＊

ステータスを眺めて色々思案していたら、あっという間に夕飯の時間になった。

「ルーク様、お食事の準備ができました。奥様に凄い料理を披露したと伺っているので、私の料理がお口に合うか心配ですが、お召し上がりくださいませ」

今日買った食卓テーブルには俺１人分の料理が用意されていた……。

「イリス……君の分は？」

「従者は主人が食べた後で食べるものですよ？」

「お昼も？　それでは休憩時間がとれないだろ？」

「騎士学校ではちゃんと考慮されていて、お昼休憩は90分も時間があります。問題ないです」

「無駄な時間だ。交互に俺と君が食べる時間もそうだが、後片付けもその分遅くなる。何より折角作ったものが冷めてしまうだろ。２人の時や、班員などの身内だけの時はイリスの分も持ってきて一緒に食べるようにしよう」

「ですが――」

「他の者への体裁もあるだろうけど、俺は効率の悪い事は嫌いだ。一緒に食べて一緒に食後のお茶を飲めば、後片付けも一度で済む。イリスの勉強時間を圧迫する事もなくなるだろ？　反論するなら、これは命令とする。仲間内だけの場合、食事はみんなで一緒に摂るように！」

「……ご配慮ありがとうございます。正直に申しますと凄くあり難いです♪　実はそういう主従関係の方も沢山います。前回私の主人だった侯爵令嬢もお優しいお方だったので、3年間一緒に食事をさせていただきました」

　自分の部屋に持っていっていた料理を俺の向かいに並べ、俺と一緒に食事を摂る。

　イリスの分は俺と比べたらちょっとだけだった……。

「凄いな！　どれも美味しそうだ！」

「今日は私がルーク様に作る初めての食事なので、頑張りました！　でも明日からはこんなに沢山は作りませんからね？」


　食卓には豪華な食事が並んでいた。
・オークのステーキ　・野菜炒め　・ホーンラビットの煮込みシチュー
・ほうれん草とベーコンのバター炒め　・何かのソーセージ
・生野菜のレモンドレッシング掛け　・鶏と野菜の塩スープ　・パン

「毎日こんなに食べていたら、もっと太っちゃうな」

「その事ですが、ルーク様には痩せていただきます。なので明日から少し食事制限をいたします」

「分かった。俺もそのつもりだったので、そうしてくれると嬉しい。肉と野菜メインの食事が良いな」

「お肉食べたらダメですよ！」

ん？　30年前の栄養士のような事を言っているぞ……。

「イリス、それは間違っているよ。タンパク質を沢山とって炭水化物を減らすのが効率良いんだよ」

「たんぱくしつ？　たんすいかぶつ？　それはどういった食材なのでしょうか？」

そうきたか！

『♪　細菌ですら理解できていない世界で、そんな成分的な事を言ってもダメですよ。そういう言葉自体がないです』

「お肉を食べて体を鍛えれば筋肉が付きやすいんだ。運動すれば筋肉が脂肪を燃焼してくれるので、筋肉量はバランスよく鍛えて沢山ある方が良いんだ。お肉を減らして体を鍛えても筋肉が付きにくいので、結局は効率が悪くなる」

「知りませんでした。そういう知識も是非教えてくださいませ！」

「うん。勿論いいよ」

お肉の種類や部位によっても含まれる栄養が違う事を教えてあげたら、凄く喜んでいた。

「それにしても、イリスの手料理美味しいね」

「本当ですか⁉　頑張って作った甲斐《かい》がありました。でも、明日からは一汁三菜はお出ししますが、痩せるために量を減らししますね？」

「うん、分かった」

イリス・D・ミハエル（18歳）。

ミハエル伯爵家の長女で、この国の教皇様より凄い俺の回復の施術法が知りたくて、弟子になりたいと自ら侍女に志願してきた。

身長156㎝、体重43kg、細身の可愛い感じの色白の女の子だ。

聖→水→風の順で、3属性が得意のようだ。俺と似たシルバーブルーの髪色をしていて、後ろで1つにまとめ、肩甲骨辺りまで伸ばしている。

そして姫同様結構な胸をお持ちだ。この世界では、聖属性や水属性が主属性な女性は、なぜか皆大きく育つようだ。

＊　＊　＊

俺の専属侍女になったイリスと一緒に食事をしているのだが、お互いにちょっと緊張している。自ら侍女にしてほしいとアピールしてきただけあって、彼女は色々と有能そうだ。

食事を含めた家事スキルも文句なしだね。今食べている夕食も大ざっぱな味だが凄く美味しい。

大ざっぱなのは調味料が少ないので仕方がない……醤油や出汁《だし》の素とかないからね。

「一応騎士学校生活において、お互いの要望みたいなのを話し合っておこうか？」

「要望ですか？」

「うん。例えばさっきイリスが言っていた、『当分俺から片時も離れない』とかいうやつだね」

「言葉が足らないので、凄く違った意味になっていませんか？　『ルーク様が逃げるかもしれないので、しばらくの間は片時も離れず監視します』と言ったはずですよ」

「少し言葉を足しただけで、俺にダメージが入ったのだけど……」

俺が出した要望は――
・ダイエット食にする事
・毎日湯船を溜めてお風呂に入る事
・朝・夕にダイエットのためのトレーニングをする事
この３つだ。

他にもあるのだが、それは神殿に行ってからだね。

「お食事はそのつもりでしたが、夏の間も湯船に入られるのですね？」

「うん。お風呂も痩せるのに凄く良いんだよ」

「お風呂がですか？」

「うん。お風呂がダイエットに有効な理由は、汗と一緒に毒素が排出されることで代謝が上がり、痩せやすい体質になるからなんだ」

「へ〜、毒素ですか？」

「この毒素は脂肪と結びつく性質があるので、毒素が溜まると燃えない脂肪となり、結果、太りやすい体になってしまう。つまり、入浴で汗をかいて代謝のよい＝毒素をうまく排出できる体に変えることが重要なんだ。こうすることで脂肪燃焼がスムーズになり、ダイエット効果が期待できるってわけだ」

イリスは最初、話半分に聞いていたのだが、理論立てて説明してあげると、めちゃ興味を持ってメモまで取り始めた。

この入浴ダイエットも、ひょっとすれば数十年後に『間違いでした！』って可能性もあるけど、科学的にも医学的にも検証されているので多分効果はあるのだと思う。

俺の日本の現代知識とこの世界の魔法を融合すれば凄い事ができそうな気がしている……問題は、俺の知識が浅いってことなんだよね。

お風呂ダイエットもこれ以上深くは知らないのだ……。テレビではリンパの流れが……肝臓が……云々《うんぬん》言っていたけど、覚えていない――

「早朝のトレーニングは何をなさるのですか？」

『♪　外でのトレーニングだと、朝食の準備を作るために相当早起きしないといけなくなるので、それを懸念しているみたいですね。それと、マスターだけでランニングとかは許可する気はないようです』

『兄様のせいで、俺が逃げるかもと疑っているくらいなので、イリスが認めるわけないよね……』

「散歩に出たいけど……」

「分かりました。ご一緒しますね。ただ6時出発で30分程度の軽いものにしてください。その後に朝食の準備がありますので」

　やっぱり1人では出してくれないか……。

「じゃあ、朝はいいや……部屋で筋トレするから」

「私に気を使わなくてもいいのですよ？　ルーク様に痩せていただく事が最重要課題ですので、その気になってくださっているのでしたら、是非お散歩いたしましょう」

「じゃあ、朝6時出発で30分ほど歩くことにしようか？」

「はい。もしルーク様が時間になっても寝ていたら私が起こしますが、眠いからといって怒らないでくださいね？」

「寝起きが悪い人も結構多いようだけど、寝起きは良いので、絶対怒ったりしないよ」

「良かった。それなら安心ですね」

　こんな可愛い娘と朝から散歩ができるなんて、めっちゃ楽しそう。

　イリスからの要望は――
・俺が頑張って痩せる事
・提供した食事以外は決して食べない事

・イリスから離れる時は、必ず報告を先に行う事
・勉強の方も頑張る事
・どんな些細《ささい》な事でも良いので、師匠として毎日指導する事
この5つだった。

「分かった……でも、あまり無理な事はしないつもりだ。無理すると続かない……」

「無理な事をさせるつもりはありません。ジェイル殿下より、ルーク様は怠け者だと聞いているので、少しは努力をしていただきたいのです」

いつの間に兄様は余計な事を……それはルーク君であって俺ではないからね！

その後すぐにお風呂の準備をしてくれた。

「本当に介助はしなくてよろしいのですね？」

「そんな事はしなくて良い。お風呂の湯はどうする？　俺の後を使うのが嫌なら抜いておくが？」

「何故ですか？　是非使わせていただきます」

『♪　本来お風呂にそう入れるものではありません。毎日利用しているのは上位貴族や富豪の商人、あと神殿の者が禊《みそぎ》として毎日入浴する風習があるくらいです。イリスの家では3日に一度くらいで入浴していたようです。そういう「お父さんの後のお湯は嫌！」的贅沢な思考をする者は少ないです。この騎士学校には温度調整できる魔道具がありますが、下位貴族では買えないとても高価なものです』

妖精さんのものの例えが、なんかリアルで生々しい。それでも娘のために頑張って働いている

世のお父さんにエールを送りたい！

どうやら核になる魔石の交換は安いが、本体は超高級品だとの事。

俺の入浴中に食事の後片付けも終えていたので、イリスにお湯が冷める前に入ってもらう。

『♪　ふふふっ、マスター、どうします？』

『何の事？』

『♪　イリスは、マスターの事が噂通りなら絶対覗きに来ると思って、緊張しながら全力で急いで体を洗っているようです』

『覗かねぇ～てっ！』

『♪　色々覚悟をしながら念入りに体を洗っていますね……』

『それって俺にマジで襲われると思っているのか？』

『♪　マスターが、「君ほど可愛い娘がいつも側にいたら、絶対襲っちゃうね！」「目の前にこんな可愛い娘がいて手を出さないのは失礼でしょ！」とか公言するからです』

『あ！　そういえばイリスを引かせて辞退させようと目論んだ時に言ったかも！』

でも、そうなるとイリスの打算的考えってのが気になってくる……身を捧げてでも俺に取り入りたいと思った理由はなんだろうか？

『♪　1番の理由は弟子にしてもらいたかったのが本音です。好意というより尊敬の念を抱いていて、マスターの容姿にもそれほど嫌悪感を持ってはいないようです』

『でもそんな理由で抱かれても良いとは思わないだろ？』

『♪　ですね。彼女の家は11年前まで、公爵家に仕える子爵騎士でした。回復魔法の素養をガイル公爵に認められ、開拓領地を与えられ、その地の開墾と発展を見事短期間で成し遂げ、小さいですが町として昇格した時に伯爵位を得ました。ですが、短期で発展させるには凄い資金が必要だったようで、個人資産まで投入しても結構財政は厳しいようです。そこで3人いる娘にできるだけ援助を得られる条件の良いところに嫁いでもらおうと彼女の父親は考えているようです』

『まぁ、可愛いし、貴重な聖属性持ちだからね』

『♪　あ、もう出てくるようです……また後で詳しくお教えしますね』

『俺は今すぐ知りたい！』

『♪　イリスを抱く気のないマスターに、今すぐ教える必要はないです。ヘタレ……』

『ヘタレって……イリスの目的は俺の回復師としての知識だろ？　それを条件にして迫る気はないよ。それにルーク君だって相手を選んで覗いたり悪戯をしたりしていただろ？』

覗きや悪戯、嫌がらせの対象にしていたのは、彼に対して陰口や嫌悪感をあからさまに出して接していた者たちだ。ただそういう者たちが9割以上だったので、誰彼構わず覗いていたように傍《はた》からは見えていただけだ。

まぁどんな理由だろうと覗きはダメだと俺は思うけどね。

「随分早いね？　もっとゆっくり入浴すればいいのに」

「いえ、大丈夫です。あ、お風呂のお湯温めてくださっていましたね？　ご配慮ありがとうございます。……あの……思い切って聞いちゃいます！　どうして覗きに来なかったのでしょうか？」

「ふぇ？」

つい間抜けな声が出てしまった……ド直球で聞いてきたね。

「私に魅力がないって事でしょうか？　それとも全く好みじゃないからでしょうか？　絶対覗きに来るか、そのまま入ってきてお手付きにされるかとドキドキしながら入っていたのに……」

「ふぅ……イリスは俺の事が好きなのか？　そうじゃないだろ？　俺はそういう相手に手を出す気はない。覗きだってそうだ……覗いてもいない者たちが覗き魔とか言って俺を馬鹿にしたり、陰口や侮蔑した目で見てきた奴に対して、それならと期待通りに覗いてやっただけだ」

これはルーク君の心情であって、俺からすればガキの戯言《たわごと》だ。

「そうなのですか？　可愛ければ見境いないのかと思っていました」

「まぁ、ガキの言い訳だ。だからといって覗いて良い理由にならない。両親へのあてつけもあったのだ……それよりイリス！　自分の体を安く扱うな！」

「わ、私の体は安くないですよ！　凄く高いです！　これまで沢山の殿方から言い寄られてきましたが、全てお断りしたくらい高いです！」

めっちゃ逆切れされた！

「ごめん、そんなに怒るなよ。とにかくイリスは俺に襲われるとかの身の心配はしなくて良い。別に好みじゃないとかそういうのではなく、イリスの方に好意がない以上抱く気はないって事だ」

「……びっくりです！　正直に申しますと、ルーク様に対しての好意は現在うなぎのぼり中です！　ですが、こちらから誘って抱かれたいというほどではないので、もう少しお待ちくださいませ」

「待つも何も、手を出さないって言っているだろ」

「私が告白した時はちゃんと手を出してもらえないと嫌です！」

「めんどくさい女だな」

「はい。ちょっと面倒な女ですが、精一杯お仕えいたしますね♪」

＊　＊　＊

早朝、イリスに叩き起こされた！

「ん～～………なんだ？」

「おはようございますルーク様！　さっ、お約束通り散歩にまいりましょう！」

朝からめっちゃ元気だ。

「今何時……？」

「5時半です。今から準備をしていたら、丁度お約束時間の6時になりますね」

「いや……俺たちは授業に出なくていいので、今日はこんなに早く起きる必要ないだろ？」

『♪　イリスは4時半には起きて、朝食の下準備を先にしてからマスターを起こしたのです。散歩に行く気満々なので起きてあげたらどうです』

『そうなんだ。でも、いくらなんでも4時半起きは……イリスの負担が大きすぎる』

『♪　そうでもないですよ。この世界では明かりに生活魔法の【ライト】が付与された照明の魔道具を使っています。それほど高い品ではありませんが、中には買えない者もいるのです。地方へ行くほど早寝早起きが基本ですね』

日の出とともに起き、日が暮れてからは早めに寝るのだそうだ。

かつて日本もそうだったね――

「そ、そうですか……では、今日は何時に起きる予定だったのです？」

「午前中に神殿に行ければいいかなって思っていたけど、他に予定はないので特に考えていなかった」

「じゃあ、もう少し眠られますか？」

そんな残念そうな顔されたら……。

「いや、もう目が覚めたので起きるよ。どうせなら朝食を済ませて、そのまま神殿に向かおうか？」

「神殿に行くには少し早いですね……そうだ！　朝市とかご覧になりませんか？」

「それ良いね！　朝市行ってみたい！」

朝市とか楽しそうだ！

二人で朝食を食べ、散歩がてら朝市を見に出かけた。

「へ～、中央通りの裏側の道に露店が並ぶんだ」

「はい。ここは未だ店舗を構えられない商人たちが頑張っている場所ですね。なので若干質が落ちる品も多いですが、その分安く手に入れる事ができます。ほら、あの果物とか、メイン通りで売っている品より3割ほど安いですよ」

「品が悪いのだったら安いのも当然だ……」

「悪いといっても、形がちょっと悪かったり、収穫の際に少し傷つけてしまったもので、味自体は全く同じなのですよ」

　スーパーで売っているB級品ってやつか。

「イリス、俺は味が同じならこっちの品で良いぞ」

「そうですか？　でも、一応王子様なので正規品を購入しますね」

「一応……」

「あ！　失礼いたしました！　ち、違うのです！　そういう馬鹿にしたようなつもりで言ったのではなくてですね……」

「あはは、分かっているよ」

「ルーク様が庶民的なので、つい普通に喋ってしまいます……」

　そりゃそうだろ。だってルーク君はともかく、俺自体はめっちゃ庶民だもん。

　兄様の前ではそれっぽく振舞っていたけど、今はそんな堅苦しく過ごしたくないしね。

「イリスだって伯爵令嬢なのに、時々庶民ぽくなっているよ。わたくしと言ったりわたしと言ったり……」

「伯爵といっても、地方の領主ですので……なにせ領民の7割が農民です。騎士学校では田舎貴族って馬鹿にする者もいたぐらいです」

「そういう輩は放っておけばいいさ……そういう者たちは、大国の王子の俺であっても、どうせ陰で馬鹿にするような奴らだよ」

「そうですね……」

「あ、なんか良い匂いがする……串焼きかな？」

「あそこですね……オークの塩焼きみたいです……でもダメですよ！」

う～～、ダイエットとはいえ、異世界料理には興味あるんだよ！

「分かってるよ……」

「仕方がないですね……じゃあ、1本だけなら許可します。その分沢山散歩しましょうね？」

『♪　イリスはなんだかんだで甘そうですね……ちょっと心配です。自分だけ買って見せびらかしつつ食べるくらい、マスターには厳しくしてほしいのに』

『それ、もう虐めだよ！　妖精さんは日に日に口が悪くなるね……』

「美味しい♪」

「ただ塩胡椒で焼いただけのものなのに、お酒に浸け込んだのかな？　臭みのない柔らかいお肉で美味しいですね」

「お、姉ちゃん正解だ！　一晩ハーブ入りの酒に浸け込んで一手間加えているんだ旨いだろ？」

「ええ、美味しいですわ」

その後も色々見て回った。朝市には昨日見かけなかった牛乳が売っていた。

「またそんなに沢山買って……牛乳や卵は食あたりする可能性もある危険なものなのですよ？」

「勿論知っているよ……でもほら、俺には優秀なスキルがあるからね」

「病気だけではなく、そういうのも判別できるのですか？　凄いです」

卵も新鮮なものがあったので沢山買った。俺には鑑定魔法があるので、良い品があると、つい買ってしまうのだ。

「結構栄えていて、いろんな露店が出ているね？」

「王都ですので栄えていて当然です。この中には午前中で店を引きあげる者も多いのですよ。午後になるとまた違った品が見られます。午後からは雑貨が多く並びますね。日曜日だと神殿前の大通りに日曜市が開催され、そこも楽しいです」

「日曜市か……」

「日曜市は古美術品や武器、ダンジョン産の魔道具なんかもあって怪しい品も多く並んでいますね。中には掘り出し物もあるようですけど、変なものは買わない方が良いです」

「それも心配ないかな……」

「あ、それも鑑定できるのですね？　凄く便利なスキルです！」

気付けば結構な時間が過ぎていた――

「なんかデートみたいですね？」

またこの娘は爆弾発言を！

「そうだね……。案内ありがとう。とても楽しかったよ」

にっこり笑った笑顔にドキッとしてしまった……。

第10話　女神様に物申す！

朝市デートをしたあと神殿に行き、受付に座っていたシスター服を着た女の子に声を掛ける。

「本日はどういった御用ですか？　あ、イリス様こんにちは」

「こんにちは、お久しぶりですね。私は付添いできただけですので、御用はこちらのお方から……」

どうやら知り合いっぽい。

「1stジョブの変更と、2ndジョブの獲得に来た。それと礼拝堂で、少し1人になって祈りを捧げたいのだが可能か？」

「申し訳ありません。礼拝堂は個人での貸切りはいたしておりません。……それと、ジョブ獲得には少しばかりのお心付けを頂いております」

俺は【インベントリ】から200万ジェニー取り出す。

「神殿付属の診療所に100万ジェニー、神殿付属の孤児院に百万ジェニー寄付をする」

「へ……？」

「お待ちください ルーク様！　お心付けとはお気持ちだけで良いのです！　ジョブ獲得の相場だと1万ジェニーほどで十分です！」

「イリス……神殿にではなく、付属の診療所と孤児院をわざわざ指定したんだよ。俺だって相場くらい知っている」

「失礼しました……差し出がましい事を言って申し訳ありませんでした」

「いやいい。そういう忠言は今後もしてくれるとあり難い」

「あ、あの……少しお待ちくださいませ！」

若いシスターはお金を置いたまま、慌ててどこかに走り去ってしまった。

そして壮年の男性を伴って戻ってきた。イリスは彼を見た瞬間すっと両膝を突いて頭を下げ、祈りの姿勢をとった。

「私はこの国の教皇を任されている、マルスと申します。この度は診療所と孤児院に多大な寄付をしていただけるとお聞きして参りました。伯爵家のイリス嬢を伴ってきているようですね……失礼ですが、どちらの貴族家のお方様でしょうか？」

『この国の？　妖精さん、この世界では教皇が何人もいるってこと？』

『♪　はい。この世界の教会では国に1人、聖女と教皇が神によって神託で任命されます。神が選ぶ人物がトップに立っていますので、変な派閥争いもないですし、守銭奴的な如何《いかが》わしい宗教団体になりさがる事も起こり得ないです。地球の数ある教会とは全く別なものとお考えくださ い』

俺のいた世界ではいろんな宗教団体があった。この世界では神が実際に恩恵を皆に与えてくれているので、崇める神は国が変わっても同じようだ。主神が1人いて、他に各属性の神がいる。

俺に邪神討伐をお願いしてきた女神様がこの世界の主神で、水の属性神だ。

この世界には御払いや災い避《よ》けのお守りだと称して、効果のない水晶玉や御札を売りつけるような如何わしい宗教団体はないそうだ。そんな団体は邪教として実際に神が天罰をくだすらしい。実にホワイトでクリーンだ。

『イリスは教皇様と顔見知りなのか？』

『♪　イリスは騎士学校が休みの時に、神殿で回復師として修業を兼ねたアルバイトをしていたようです。全員顔見知りですね』

俺は王族なので教皇様相手でも膝を突くことはないけど、敬意は払わないとね。

「教皇様自らお越しくださったのですか。私はヴォルグ王国第三王子、ルーク・A・ヴォルグと申します。以後お見知りおきを」

「そうですか、あなた様が……君、聖女ナターシャを呼んできてもらえますか？」

教皇様はさっきのシスターに聖女様を呼びに行かせた。

「初めましてルーク殿下。女神様よりこの国の聖女を任せていただいているナターシャと申します。あなた様の事はヴォルグ王国の聖女アリアから聞いておりますよ」

この国の聖女様はヴォルグ王国の聖女よりお歳を召しているみたいだ。

『♪　彼女は32歳ですね。そろそろ引退する年齢です』

教皇様と聖女様は国に1人だけ神の神託によって任命される国の象徴ともいえる存在なのだ。特に聖女様は心が綺麗なのは勿論、見目も美しい人物が選ばれ、信仰の象徴ともされる。

ちなみにヴォルグ王国の聖女アリアは19歳でめっちゃ可愛い娘だ。

聖女アリアは、彼女が聖女に任命される前からルーク君とは仲が良かった数少ない友人だ。

「アリアをご存知なのですか？　でしたら言伝をお願いできませんか？　彼女に何も知らせる事ができず、この国に婿に出されてしまって……」

実はルーク君、毎月ヴォルグ王国の孤児院に結構な額の寄付を行っていた。

別に可愛いアリアの気を引こうとかしていたわけではない。神殿を通してルーク君が作った回復剤を卸していたのだ。

国王の父にばれないように、各種薬草の仕入れと、完成した回復剤の販売を神殿経由で行っていたのだ。上級回復剤が作れることが父にバレて、軟禁状態でず～～～と作らされる可能性を恐れ、それを回避するために取った行動だ。

回復剤の作製自体は師匠からの修業の一環だったのだけど、王子なので生活に何不自由がなく、特に買い食いしか使い道のなかったルーク君は、売り上げの半分を孤児院に寄付していたのだ。

神殿関係者は口が堅い……この国でもできれば神殿を通じて委託販売したいと考えているけど、勉強もしないといけないのでちょっとまだ様子見かな。

『それより急に寄付がなくなったヴォルグ王国の孤児院の子たちが心配だ』

『♪　問題ないですよ。王都の孤児院は寄付が多いので心配いりません。ルーク君の売上金の寄付は、地方神殿の孤児院の方に回されて有効活用されていました』

『そうなのか……なら心配ないか』

教皇様と聖女様と少し歓談し、特別に礼拝堂を1人で使わせてもらえることになった。と言っても、今回イリスが同行している。

『さて、女神様に物申す！』

『ご、ごめんなさいルークさん！』

出たな女神め！

声を掛けた瞬間に謝罪の言葉を念話で送ってきた。

『いいや、許さん！　色々言いたい事、聞きたい事がある！』

『え〜と、あなたの要望は全て聞き届けますので、許してください！』

『えっ？　あ、そうか……心の中を覗けるんだった……チッ！　交渉のために色々考えていたのに！』

『はい……それを聞きたくないから、先に言ったのです……』

『そもそもこのルーク君の体が転生先だったの？』

『それは予定通りでしたが、ドレイクが死んだのは想定外でした。隣国へ婿に出されたのも想定外です。この世界のシステムによる未来予測がずれるのは、あなたが異世界人だからかもしれないです』

言い訳っぽいが、そういう事なのだろう……。

『俺の日本での記憶の一部がないのはどういう事？』

『あまり向こうの家族を恋しがられて、この世界の事を好きになっていただけないと困るので、記憶から名前だけ全て消させていただきました……ごめんなさい』

両親や妹、叔父さんの名前やクラスメイトたち……これまで係わってきた者たちの名前が全て思い出せないのだ。それどころか自分の名前すら覚えてない……意図は理解できるのだが、凄く腹立たしい。

人は名前を付けて愛着を持つ……中には車や鉛筆にすら名前を付ける者もいるくらいだ。名を思い出せないとちょっとした苦痛を伴う。どんどん薄い記憶から忘れていくだろうな……。

会話中に顔は思い出しているのに芸能人の名前が出てこず『ほらあのCMの！　名前なんだっけ？　ここまで出てきているのに〜〜〜〜！』って事がず〜〜と続くのだ……結構きついものがあるので、思い出そうとすることがなくなるのだ。

『女神なのに、結構酷い事をするのですね……で、例のあの子は助かったの？』

『将来的にはあなたの精神的負担が軽くなると判断しての処置です……ですが、酷い事だとは理解しています。ごめんなさい』

『はぁ〜、済んだことは仕方がない……それより、あの子の事だ』

『はい。少しこちらの世界と時間の流れが違っていまして、現在あなたの妹さんと一緒にテレビで大ブレイクしています』

『はぁ？　どういう事？』

『救出されたすぐ後は、各種メディアで「奇跡の少女」として特別番組や、「お手製モモンガスーツで助かるのか？」という検証番組まで放送されていました。あなたが妹に送ったメールも公開され、妹さんにも注目が集まったのです。チャンスだと考えたあなたの叔父さんが「モモンガパジャマ」という製品をプロデュースして、それをあの助けた子に着せ「モモンガ！」と言いながらあなたがやったように両手足を目一杯広げたキメポーズをCMで流したところ大ヒットいたしました』

『モモンガパジャマ』――そのCM動画を女神が見せてくれたのだが、そのまま毛布としても使える着ぐるみパジャマだね……叔父さん相変わらずだな……そっか、あの子助かったんだね。

『最初、あなたの家族は皆消沈していましたが、今ではあなたの行動を誇りに思って乗り越えて生活しているのでご心配なく……』

　その後の家族たちの事も教えてくれた――

『……で、なんでこんなに太ってるんだよ？　これで邪神退治しろって？　ダイエットしてから頑張れってか？　いきなり婿に出されるし……これだとやる気なくすよね……邪神とか無視して、このまま怠惰なルーク君として過ごそうかな……』

『お怒りはごもっともです。だから最初に要望を全て聞き入れると……それで許してください！』

　クソッ……なんか納得いかない！

　実はこの事をネタに、ごねてある要望をしようと考えていたのだが、先に思考を読まれて聞き入れると言ってきたのだ。

　１００％希望通りとはいかなかったが、概ね要望が叶ったので、これ以上文句を言うのは諦めた。

さて、イリスだな。

女神様とは念話でやり取りしていたので、後ろでずっと黙して控えている。要望の1つにイリスへの神託も入っているのだ……イリスがどういう反応をするのかちょっと楽しみだ。

「お待たせイリス」

「随分熱心にお祈りしていましたね。ルーク様はどの神を信仰なさっているのですか？」

「俺の信仰しているのは全ての神だね。それより、イリスにお願いがあるんだ……」

イリスに変な顔をされた……普通は生まれ持った主属性の属性神を崇拝して、より加護や祝福を高めるのが通例のようだからね。

「お願い？　なんでしょうか？」

「女神ネレイス様……よろしくお願いします」

『イリスさん、水の女神ネレイスです。こんにちは』

「ひゃあ！　な、な、何ですかこれ!?　頭に声が！」

イリスはキョロキョロして声の主を探しているが、念話なので見つかるはずがない。念話は頭に直接認識させて語りかけているようなものなので、耳から入ってくる情報と違い、凄く違和感があるのだ。初めての体験で驚いているのだろう。

「落ちつけイリス！　念話なので探してもいないよ。女神ネレイス様のお言葉だ、落ち着いて聞くんだ」

『驚かせてごめんなさい。あなたにお願いがあってこうして声を掛けさせていただきました。実は先にそこのルークさんにあるお願いをしました。それを聞き入れていただくために、ある力を授けたのですが、その事に関する全ての内容をガイル公爵に報告しないでほしいのです』

「公爵様にですか？　女神様がルーク様にしたお願いとは何なのでしょう？」

『それをあなたに私からお話しする事はできません。ルークさんが言っても良いと判断された時に彼が話してくれるでしょう。あなたがガイル公爵からルークさんに関する事の報告任務を受けている事は知っているのですが、それだと少し問題がありまして……』

「………………」

困り顔で黙ってしまった。

「イリスも板挟みで困るだろうけど、何も全部報告するなって言うのじゃない。例えば女神様の願いを聞き入れるには俺のレベル上げが不可欠なのだけど、ガイル公爵とこの国の国王は俺の事を種馬としか見ていない節があるだろ？　レベル上げをするには魔獣を倒すために危険を伴う狩りに出ないといけない」

「絶対止められるでしょうね……騎士学校卒業後には安全な場所で子作りに励んでほしいと考えているはずです」

「だろうね。でもそれは困るんだ」

「公爵様にも今のように女神様からお伝えしていただいて、許可を貰うと良いのではないでしょうか？」

「理由を話せないのでダメだね……神からのお願いとか、どんな手を使ってでも内容を聞き出そうとしてくるだろう。嘘を見抜けるミーファ姫に命令して聞き出そうとしてくるかもしれない」

「わたくしも気になるのですが……」

「今はまだ話せないが、イリスにはお詫びも兼ねて、色々な回復知識を伝授してあげるから……それで了承してくれないかな？」

「分かりました。元より女神様のお願いを断る理由がありません。聖女様でもないわたくしが神の御声を聞けて、とても幸せでございます！　ガイル公爵様には申し訳ありませんが、女神様のお言葉の方が絶対なので、公爵様への報告はルーク様の指示に従います」

『♪　基本、神託を授かるのは聖女1人だけなのです。教皇ですら任期中に声を数回聞けるかどうかなので、イリスが感動して指示に従うのも分かります』

『ありがとうイリスさん。お礼にあなたに水の加護と祝福を授けましょう。努力すれば上級の攻撃魔法と回復魔法も覚える事ができる祝福です』

「本当でございますか！　嬉しいです！　ありがとうございます♪」

涙まで流して喜んでいるよ……。

『♪　普通は生まれつき授かった主属性以外、努力をしても習得は難しいですからね』

「良かったねイリス」

「はい♪　ルーク様も何か貰ったのですよね？　どんなものをいただいたのですか？」

「う～ん。そのうち話すよ」

「それも秘密なのですか？　公爵様には言わないのに……ちょっと信用ないのが悲しいです」

そんな目で見ないでほしい。公爵家の子家の御令嬢で、報告命令を受けているって分かっていてそう易々と話せるわけないでしょ。それに俺たち知り合ってまだ数日だよ。

これ以外の要望の1つに、良くラノベで見かける『ネット通販』を希望したのだが、ダメだと言われた。

イリスに声を掛ける前に、こういうやり取りがあったのだ。

『何でネット通販はダメなんだよ！』

『当然です。そもそも異世界の物をそう簡単に転移できるのであれば、死ぬ運命のあなたを選んで、記憶と魂だけ転生させるような面倒な事などしていません。たとえリンゴ1個だけだとしても実体を伴った転移にはかなりの神力が必要なので、今回のような手段を用いたのです』

『全部聞き入れてくれるって言ったのに嘘じゃないか！』

『できない事はできません。ですが替わりに良い代案があります。ナビー経由で向こうの世界の情報を授けるっていうのはどうでしょうか？　あなたがネット通販を希望した1番の理由は、醤油が欲しいからですよね？』

心が読まれるというのは厄介だな。これでは駆け引きもできないので交渉にすらならない。でもナビー経由って何の事だろう？

『ナビー経由って何だ？』

『♪　あ～っ！　私の名前が「ナビー」に確定しちゃいました！　マスターに名付けてほしかったのに！　ネレイス様酷いです！』

『え？　そうでしたの？　それはごめんなさい……』

『まさか、俺をナビするＡＩシステムだから「ナビー」とかじゃないよね？』

『……だ、ダメですか？』

『♪　そんな安易なことで私の名が確定したのですか……』

『でも可愛い響きでいいんじゃないか？　「ナビー」って呼び易いし、俺は良いと思うぞ？』

『♪　そうですか？　マスターが良いって言ってくれるのなら別に「ナビー」でもいいかな』

チョロイ……。

妖精さんの名前が女神の発言によって決まった瞬間だ――

『あ、でも情報だけ検索できても、学生の俺に醤油を作っている暇とかないよ。邪神退治しなくていいならじっくり数年かけて開発するけど……。味噌《みそ》や醤油なんか発酵・熟成させるだけでかなり時間が掛かるでしょ？　それに材料の大豆があるかも分からないし……』

『この世界は日本を中世のヨーロッパ風にアレンジしてモデルとした世界観なので、地球にある素材はこの世界にも全てありますよ。ですが、そうですね……ではこうしましょう。ルークさんの【インベントリ】内に大きな工房を創って差し上げます。その中にあなたに似せたアバターを顕現させる能力をナビーに授けるので、その工房内でアバターに開発をさせてください。そのアバターはナビー同様あなたに紐付《ひもづ》けられますので、アバターの熟練度があなたに反映するものといたしましょう』

『うん？　ちょっとよく分からないのだけど……』

『そのアバターはルークさんの魔力で召喚させられます。例えばアバターが【インベントリ】内の工房で料理を作ったら、ルークさんの熟練度として反映され、以降その料理をルークさんも熟練度に応じた味で同じように作れるようになるというものです。五感もあなたと同じ感覚にいたしましょう。どうです、これならあなたが直接何年もかけてちまちま開発しないでも済むでしょう?』

五感が同じならアバターが美味しいと納得したものは、俺が食べても美味しいって事になるな……色々開発させるのは面白そうだ。

『そのアバターに、醤油の開発をしろって命令したらどういう流れになるのかな?』

『全てあなたのイメージ次第ですね』

『イメージね……じゃあ、工房内を各部門に分ける事にしようかな。【調理工房】や【武器工房】とか【酒造工房】【機械開発工房】とかに細分化して、ナビーに某大手メーカーの醤油の情報を検索させて、それを【料理工房】でアバターに開発させるとかかな……時空魔法を応用して使えば、熟成時間の短縮もできるかな?……そういうのも可能です?』

『なんか、私が思っていたより凄い事になりそうな気が……でも、そのようなイメージで問題ないです。ただ、材料は自分で仕入れる必要があります。命令しても材料がなければ開発はできません。あと、工房はナビーが管理するものとし、工房作製のイメージはルークさんのものが反映されるようにしますね』

『俺の知識は浅いので、足りない知識はナビーの方で情報を検索して補ってもらえるようにしてください。向こうの情報がないと醤油とか味噌も作れませんからね。あっちの世界の事を検索できるようにしてください』

『分かりました』

『というわけで、妖精さん！　早速だが某メーカーの醤油とシャンプーとトリートメントの情報を引き出して、材料を割り出してくれ！　それに伴う工房の材料もだ』

『工房に関しては神力を使ってこちらの管理システムの方で創って差し上げます。誰の目に触れることもない亜空間の中に創るのであれば、特に問題にはならないですし、こちらの世界内でならさして多く神力も必要ないですからね……その代わり、ちゃんと邪神討伐の方はお願いしますね？』

　至れり尽くせりだな……。

『分かりました。この世界に醤油がないのが残念だったけど、これで快適に過ごせそうだよ。俺は亜空間に行けないし、工房の管理者はナビーだから、「ナビー工房」と名付けよう！　管理は任せるよ？』

『♪　ナビー工房！　嬉しいです！　マスター、今から材料を仕入れに行きましょう！　全て王都で手に入ります！』

『よし分かった！　でも、先にイリスの口封じが先だな……』

　という事があったのだ――

＊　＊　＊

神殿で女神様とのやり取りを終えた後、再度街にくりだす。

「またそんなに沢山買って！　無駄遣いしてはダメですってば！　公爵様はルーク様がお金をどう使うか見ているのですよ！」

へぇ～、俺にその事を教えてくれるんだ――――

でもだんだん言葉遣いがお姉ちゃんぽくなってきたのは気のせいか？

なんだかダメな弟を叱る姉のようだ……。

『♪　イリスはマスターの事を「使徒」と認識したようです。「使徒」とは神から何らかの使命を与えられた人の事ですが、イリス的には自分も「神の御願い」を叶えるために、少しでも力になれればと考えているようです』

『使徒』とは大層な事だ。でもイリスの胸の内だけで秘めてくれるのなら、俺にとってデメリットは全くないのか。なら言ってしまった方が良いね。

「イリス、実は女神様から受け取った恩恵の１つに【亜空間倉庫】内の時間を停止する機能を付与してもらったんだ」

「時間停止機能！　それって国でも数人しかいないっていう超レアなやつじゃないですか！　それに、恩恵の１つって……他にも凄い恩恵をいただいたのですか？」

「他の恩恵はまだ言えないけど、この付与の事も誰にも言っちゃダメだよ？　理由は言わなくても分かるよね？」

「はい。入れた物が腐らない事が第三者に知られれば、冒険者や商人たちが放っておかないでしょう。昔、時間停止機能付きの【亜空間倉庫】の恩恵を神から得た冒険者が商人になったのですが、海辺の村から海産物を仕入れ、商都まで運んで新鮮な生ものを売って大儲《おおもう》けしたという逸話が残っています」

「だね。沿岸部では逆にお肉や野菜が採れないから、山の物と海の物との物流を開拓したらすぐにお金は貯《た》まるだろう。冒険者としても、夏でも狩った獲物が腐らないのであれば、長期を想定して狩りに出られる。まぁ、そういうわけなので、いくら生ものを買っても無駄にはならないから安心して」

「分かりました。でも夜中にこっそり自分で作って食べちゃダメですよ？」

兄様が余計な事を言うから、イリスにも伝わっているみたいだ。

『妖精さん、次はどこへ行けばいい？』

『♪　ナビーです。ちゃんと名前があるのですから名前で呼んでください』

『そうだね……ナビー、次はどこに行けばいい？』

『♪　鍛冶屋《かじ》に行って鉄鉱石とミスリル鋼を少し仕入れてください。その後は薬師《くすし》ギルドでシャンプーの材料になる物を仕入れます。あ、例の香辛料もここで売っていますね』

『了解だ。でも鉱石とかどうするんだ？　武器や防具はまだ要らないぞ？』

『♪　武器や防具はレベルの低いマスターには今の装備でも分不相応なぐらい良い物です。工房の強化に使用する素材作製がメインですが、早い段階から【武器工房】も稼働させて熟練度を上げておくのが得策だと考えます』

『それもそうか……急に良い武器が欲しいと思っても、鉄のナイフしか作れませんじゃ買った方が良いからね。あ〜そうだ、例の盗賊から回収したクズ武器は鋳潰しても良いよ』

『♪　了解しました』

散々ナビーに買い歩かされて寮に帰宅する。

イリスもかなり疲れているみたいだ。今日も早く寝よう――

＊　＊　＊

翌朝、今朝もきっちり5時半にイリスに起こされて30分の散歩を行う。

今日は初登校日だ。

騎士学校の周囲を散歩しているが、エミリアの事を考えると少し緊張する。隣を一緒に歩いているイリスを見ると、やはり少し緊張気味だ。

「やっぱイリスも登校初日なので緊張している？」

「はい、途中からの転入生ってだけでも目立つのに、私は卒業生で3つ年上です。その上ルーク様の専属侍女ですからね。どんな好奇な目で見られるかと想像したら、胃がきりきりしてきます。

ルーク様はあまり緊張していないみたいですね？」

「いや、緊張しているよ？　昨日も結局エミリアは挨拶に来なかったしね……来なくて良いとは言ったけど、本当に来ないとは思っていなかった。俺の事をはなから受け入れる気はないのだろうと思う。そう考えると会いたくないんだけど、教室に行くと嫌でもいるだろうし……はぁ～憂鬱になるよ」

　母親の病気の件もガイル公爵やアンナちゃんから聞いていると思うのだ。死に掛けの母親を助けてもらったのに礼にも来ない。恩を着せようという気はないが、常識的に向こうから出向いてきて礼を言うのが当然だと思うのだが、それすらしないって事は、仲良くする気が全くないって意思表示なのだろう。

「私もエミリア様とはあまりお会いした事はないのですよね」

「まぁ、歳が3つ違うと会う機会は少ないか……」

「エミリア様はお茶会とかにも参加しなかったですから……」

「そうなの？　男性恐怖症だけではなく、人自体が苦手なのかな？」

「いえ、女性の方にはとてもお優しいとお聞きしています。ただ、お茶会に出ると参加したご婦人たちが自家の息子や親族のご子息を婿に薦めてくるらしく、それが毎回になるとそういう場に一切出なくなったそうです」

「そりゃ出なくなるよ。そんなお茶会、行っても楽しくないもん」

＊　＊　＊

まず職員室に行き、担任に挨拶をする。

「お、米たね。おはようお二人さん」

「「おはようございます」」

「予鈴が鳴ってから一緒に教室に行くから、少しその椅子に掛けてもらえるかい？　イリスさんは知っているだろうけど、ルーク君に少し注意事項を伝えておくよ」

「騎士学校規則ならわたくしがお教えしていますよ」

「そうか、でも一応教師から直接伝える規則があるんだよ。後で『そんなの知りませんでした』って言い訳ができないようにするためにね。本来初日のホームルームでまとめて伝えるのだけど、転入生や編入生はこうやって個別に伝えるのだよ」

担任は40歳ぐらいの男性教師だ。確か名前はエリックさん。大国の王子に対してなんか軽い。

先生はいくつかこの騎士学校内での注意事項を説明してくれた――

・教師は生徒に対して敬称は付けない
・騎士学校内では皆平等で、家格によって威圧・抑圧等は行わない
・赤点を取ると進級できない

・授業以外での攻撃魔法は禁止
・喧嘩《けんか》等の暴力行為の禁止

常識的な事ばかりなので特に問題ない。

この先生は基本男子には『君』女子には『さん』を付けて呼ぶようにしているみたいだ。

予鈴が鳴り、担任に連れられ教室内に入る。

ワイワイ騒いでいたのが一瞬で静かになり、皆がこちらを探るような視線で注目する。

ク～～ッ、プレゼンで何度もこういう注目は受けていたけど、やっぱ緊張する。

「お～～今日はやけに静かだな……さて、先日話したお前らのお待ちかねだった噂の王子様だ。ルーク君、自己紹介を……」

嫌な言い方をするな……なにが噂の王子様だ！　あの噂の事言ってんのか⁉

「俺が隣国で噂の『オークプリンス』様だ！」

あれ？　まったく受けなかった……皆ドン引きだね――

イリスも横で頭を抱えてしまった……俺、はずしてしまったのか？

初日でいきなりやっちゃった？

「いやルーク君、俺の紹介の仕方が悪かった……すまなかった……」

先生、顔が引きつってるよ！　お前が変なフリするからだろ！

『♪　マスター、人のせいにするのはどうかと……自虐ネタですべったのは自業自得でしょ。普通に挨拶すれば良かったのに』

ううっ……言い返せない。

「では改めて、俺はヴォルグ王国第3王子、ルーク・A・ヴォルグだ。王命でこの国のフォレスト公爵家の婿に出された……どの娘がエミリア嬢かな？」

挨拶にすら来なかったエミリアちゃんにちょっとした嫌がらせと、今後俺に寄ってくるかもしれない打算的下級貴族の女子の排除のためにあえてこういう挨拶を行った。

「「聞いた～？　婿だって～！」」

「エミリア様と婚約！」

「あの男性嫌いのエミリア様と？」

急にクラスが騒がしくなった――

どうやらエミリアはクラスメイトに何も言ってなかったようだね。ひょっとして隠しておきたかったとかかかな？

『♪　そのようです。今、凄いしかめっ面していますよ。あ、でもこの娘――』

「皆、静かに！　ルーク君、婚約者との挨拶は休憩時間にでもしてもらえるかな？」

「分かりました。ですがどの娘かだけでも教えていただけませんか？　実は何も聞かされていないので、顔すら知らないのです」

イリスが顔ぐらい知っているだろうが、俺はどんな娘かすぐにでも見たいのだ。

「あの窓際の1番後ろの娘がエミリアさんだ。警護上、家格が高い者が後ろに座る規則があるので、ルーク君の席は彼女の後ろになる」

『♪　過去に平民の娘が、侯爵家のご子息を不意打ちで授業中に後ろから刺したのです。その娘は暗殺ギルドの手の者でしたが、派閥による勢力争いが原因だったようです。以降不意打ちなどを防ぐために家格が高い者ほど後ろの席に座るのが通例となったようです』

『なるほど……じゃあ、あの娘がエミリアちゃん？』

うん？　噂と違い、それほど可愛くはないよね？　極々普通だ……。

あの娘より可愛い娘が、このクラスには沢山いる……元々結婚する気はなかったけど、失礼だと思うがちょっと期待外れだ。

「よろしくエミリア」

彼女に向かって挨拶をする。

「…………」

無視かよ！　流石にちょっと腹立つな――

『♪　マスター、無視ではなく、男性相手に緊張して声が出ないのです。それと、先ほど言いかけた続きですが、彼女は認識阻害の魔道具を首に着けているようです。首輪から上は変化の効果で、本当の顔とは違うようにマスターには見えています』

『そういえば、以前にもナビーは意味ありげな事言ってたな？　この事だったの？』

『♪　そうです。あの時言っても上手く伝わらないでしょうし、実際見てからでも事実は変わりませんからね』

『やっぱ、俺が嫌って事なのかな？』

『♪　いえ、この騎士学校に入学した時点で既に着けていましたので、マスター用に急遽《きゅうきょ》用意した物ではなく、騎士学校の男子用に最初から着けて対応していたようです。ガイルが「最初騎士学校に行きたがらなかったが、途中から自分で行きたいと何故か言い出した」と言っていましたよね？』

『うん、言ってたね』

『♪　エミリアはこの首輪を手に入れてから気が変わったのです。今の御付きの侍女のお手柄ですね。これなら容姿で言い寄る者もそういないと侍女に説得されたみたいです』

本当の彼女の顔を知っている女子もいるが、男子には殆ど知られていない。

首輪を着けているのだと噂が流れても、実際この顔なら容姿だけ見て迫ってくる男子は減らせるって思惑かな……。

『かなり筋金入りだね……やっぱ男が怖いんだ……』

その時、クラスのドアが叩かれた——

「うん？　誰かな？　どうぞ～」

「エリック先生、少し良いかの……」

「校長？　はい、何でしょうか？」

「ふむ、急で済まぬが、もう2人今日から編入生をこのクラスに受け入れてもらう事になってな」

「今日からって……そんな話、一切聞いていないのですが、どういう事ですか？」

「ついさっき決定したので、知らせる暇もなかったのじゃ。だから儂《わし》が直接連れてきた。お入りなされ」

侍女に手を引かれ、ミーファ姫が入ってきた。ミーファ姫とエリカちゃんだ。

そして俺の【クリスタルプレート】に、このタイミングでガイル公爵からのコールが鳴る――

コール機能とは、【クリスタルプレート】にフレンド登録している人からのみ、スマホと同じように通話できる機能で、モニター通話もできる優れものだ。

ホームルーム中だがどうしたものか……。

「先生、ガイル公爵からコールが掛かってきているのですが、どうしたものでしょう？」

「おそらくこの件についてじゃろう……構わぬ、出るとよい」

騎士学校長とやらの許可が出たのでコールに応じる。

「はい。ガイル公爵、今ホームルーム中なのですが急用ですか？」

『そうかすまない。先ほど兄上から連絡があってな……ちょっと厄介な事になっている。説明したいから、次の休み時間にでもコールしてもらえるか？』

「分かりました。ひょっとしてミーファ姫の編入の件ですか？」

『そうだが、なぜついさっき俺も聞かされた事を君が知っているのだ？』

「いえ、事情は知らないですが、目の前にミーファ姫とエリカ嬢がついさっき編入生として教室に入ってきたので、このタイミングでの緊急連絡なら関係しているのかなと思っただけです」

『もう既にそこにいるのか？　流石兄上の娘だ……行動が早いな。どうなったか後で連絡をくれ』

「よく分かりませんが、後で連絡すればいいのですね？」

一旦通話を切った――

「申し訳ありません。お時間をいただき、ありがとうございました」

「ふむ、どうやらこの件について知らせようとしたみたいじゃな」

「校長？　どういう事か説明してもらえませんか？」

「ふむ。エリック先生には苦労を掛けると思うが、今日よりこのミーファ姫と専属侍女のエリカ嬢も編入することになった。今朝、国王直々に連絡があってのぅ……ルーク君がいるクラスに娘を入れろとのご命令じゃ」

「このような王のご命令とか珍しいですね？」

「うむ、儂も騎士学校長を任されてから初めての事じゃ。公私混同をしないお方なので、なにか理由があるのじゃろう。ミーファ姫、こちらへ……」

エリカちゃんに手を引かれて、俺や騎士学校長のいる教壇前までやってくる。

「ルーク様、わたくし追いかけてきちゃいました♪」

「えっ？　俺をですか？　先日馬車で話した時に、目が悪いから去年の入学を断念したって言っていたのに、どうしたのです？」

「あのですね……あの……」

「姫様頑張ってください！」

もじもじしている姫様に、エリカちゃんが横から煽《あお》っている。

「あの、ルーク様に、先に質問をさせてくださいい！」

「いいけど……今？」

その時ホームルームの終わりを告げる鐘が鳴った――

「ふむ、本来1時間目が始まるまで15分休憩があるのじゃが、自己紹介がまだなのでこのまま続けるとしようかの」

「質問は今がいいの？　休憩時間じゃダメ？」

「今の方が良いです……」

騎士学校長の方を見たら頷くので姫に先を進めた――

「あの、馬車でルーク様はわたくしの事を可愛いとおっしゃってくださいました……」

「確かに言ったけど！　なんて恥ずかしい事を皆の前でバラしちゃうのかな？」

「わたくしにとってはとても大事な事なのです！　もう一度答えてくださいませ！」

はぁ～、エミリアもミーファもイリスも何を考えているのかさっぱり分からん！

「うん。ミーファ姫はとっても可愛いと思うよ……」

「やっぱり嘘じゃないです♪」

「君に嘘言っても通用しないでしょ」

「ルーク様、わたくしのことを可愛いと思ってくださっているのであれば、結婚を前提にお付き合いくださいませ！」

「「キャー！　姫様からプロポーズ！」」

「うそ～～姫様、彼の噂知らないのかしら？」

「俺の家が申し込んだお見合いは断ったのに……」

「嘘だろ？　あいつ噂の『オークプリンス』だよな？　あれのどこが良いんだ⁉」

最後に言った奴、顔覚えておくからな！

「静かに！」

大騒ぎになった――

どうしてこうなった？

『ナビー！　どうなっている？　事前に姫の行動を予測できなかったのか？』

『♪　ナビーは周辺の警戒は常にしていますが、マスターに係わった人全てを監視しているわけではないのです。ナビーからしてもこの件はびっくりです！　調べてみますので、少しお待ちください……』

そりゃそうか……う～～ん。

『♪　今からミーファが自ら語ってくれると思います』

「ミーファ姫？　どういう経緯でいきなり結婚って話になったの？　君も俺のように国王から命令されたのかな？」

「いえ、そうではありません。わたくし、ガイル叔父様の商都から王都に帰っている馬車の中で、ず～～っとルーク様の事が気になっていたのです。商都から離れるほど心苦しくなるのは何故かなと思い、エリカに思い切って相談したら、『恋煩い』ではないかと言うのです。それを聞いた瞬間、全て納得いたしました……わたくし、あなたに恋をしたようです」

　マジで⁉

　また女子たちがキャーキャーと騒ぎ出した。

「でも実質一緒にいたの半日ぐらいだよ？」

「時間など関係ございません！　命を何度も助けられ、ララちゃんにあれほど慕われ、あの心を打たれるピアノの演奏や楽しいお食事会、叔母様に施した素晴らしい回復魔法……馬車の中で思い返すだけでわたくしはすぐに公爵領に引き返したくなったほどです」

　そうやって並べて言われれば、フラグが立つ条件は揃っている気がしてきた……。

「でも、俺、すでにそこのエミリア嬢と婚約しているし、政治的な事もあるので俺の判断では姫のプロポーズにすぐに返事できない」

「わたくしもどうすれば良いか悩んで考えました。騎士学校編入を決意したのは昨晩エミリアから相談を受けたからです。エミリアは到着したルーク様に会いに行かないといけないと思いつつ行動に移せなかったと相談してきたのです。母親の礼も言えないほど殿方の事がお嫌でしたら、無理にルーク様と結婚しなくても、そしてルーク様の事をお慕いしているわたくしと結婚してくださった方が皆、幸せになれると思ったのです」

　エミリアもお礼を言う気はあって、一応悩んではいたのか……でも、姫も随分大胆だな。

「じゃあ、この話は急遽進めたの？」

「はい。朝早くお父様のところに押し掛けて、生まれて初めて我《わ》が儘《まま》を言いました」

「生まれて初めての我が儘？」

「はい。『ルーク様に恋して、どうしても彼と結婚したいので、騎士学校に編入させてください！』とお願いしました」

あまりのストレートな言葉にまたクラスメイトがキャーキャー騒ぎ始めた。

正直俺もこんな可愛い娘に告られてドキドキしている。

「国王様は何て答えたの？」

「少し考えた後『彼は既にエミリアとの婚約が決まっている……』と言われたので、『では、わたくしは今後誰とも結婚いたしません！』とダダをこねてみました。そしたら『分かった……すぐにお前との婚約と編入の話を進めよう』とおっしゃってくれ、今に至ります」

国王の行動力も凄いな……決断してから数時間もしないうちに編入手続きとガイル公爵に連絡しているのか……ガイル公爵は認めたのかな？　さっきの様子では納得してない感じだったけど。

「公爵家との話は済んでいるのかな？　元々跡取りがいないからって俺が呼ばれたわけだろ？」

「エミリアがダメなら、アンナに世継ぎは産ませるような事をお父様は言っていました。ですが、叔父様は違う考えのようです……」

ミーファ姫か……めっちゃ可愛いし好みなんだけど、邪神討伐の事を考えたら受け入れられない。邪神討伐後なら、こちらからお付き合いしたいぐらいだけど……嘘吐けない彼女がすぐ側にいたら、色々面倒事が起きそうだよな。

「……俺、凄く太っていて、世間では『オークプリンス』って言われているんだよ」

「見えないわたくしに容姿の事を言われましても、そんな事はどうでもいいとしか言いようがございません。わたくしからすれば、外見より中身が重要なのです」

『♪　ミーファはこう言っていますが、マスターの容姿は確認済みです。その上で結婚したいと思っているようです』

『見えないのにどうやって？』

『♪　後でご説明しますね』

「ミーファ姫……そなたの一世一代のプロポーズの邪魔をしたくはないのじゃが、もうすぐ授業が始まる……一度区切りをつけてくれるかの？」

「申し訳ございません！　ルーク様、わたくしではご不満でしょうか？」

そんな涙目で懇願されたら……。

女性からの真剣な告白……適当な事は言いたくないな。

「ミーファ姫、お気持ちはとても嬉しい。すぐに結婚という事ではなく、結婚を前提としたお付き合いという事であれば、喜んでお受けいたしましょう」

「「キャー！　婚約成立よ！」」

「『オークプリンス』がOKした！」

「マジか！　クソッ、なんか腹立つ！」

「『豚に真珠』だな」

「いや、あれじゃ『美女とオーク』だろ」

お前ら王子に対して言いたい放題だな！

ことわざがあるのにびっくりだが、意味違うだろ！

『豚に真珠』は、値打ちが分からない者に、価値のあるものを与えても意味がないってことだろ。

俺、姫の価値は分かるからな！　豚って言いたいだけだろ！

力を付けて逃げ出すのが前提なら、ミーファ姫より男性恐怖症のエミリアといる方が係わらなくて良いと思うのだが、真剣に告白してきた女の子を適当にはぐらかすような真似《まね》はしたくない。ルーク君の元婚約者のルルティエとは違い、この娘は俺の事を好きだと言ってくれたのだ。ルルティエが好きなのは俺ではなく、俺と入れ替わる生前のルーク君だ……。俺の心に棘のように刺さっているルルへの気持ちも、俺ではなくルーク君の感情だ……。

逃げるの前提なら姫の告白はちゃんと断るのが筋だけど、正直こんな娘をフルとか勿体なくてあり得ない……俺のこちらでの人生でも2度とないだろう。

真剣に二人で話し合って将来を決めようと思う。

女神様に邪神討伐をお願いされた時は絶対そんな物騒な世界には行きたくないと思っていたが、なんだかとても充実した日常を過ごしている。スマホもインターネットもテレビもゲームもない世界なのに、退屈など一切なく、とても楽しいのだ。

こんな可愛い娘と婚約しちゃったけど、俺が頑張らないと世界は滅ぶんだよな……。

嬉しそうに頬を染めて喜んでいる姫を見ながら、邪神は俺が何とかすると心に誓うのだった。

特別編

ミーファ姫の恋煩い（ミーファ視点）

特別編　ミーファ姫の恋煩い(ミーファ視点)

どうやら盗賊の待ち伏せにあったようで、馬車の外では戦闘が起こっています。

わたくしは一級審問官としの公務で侯爵領に向かっていたのですが、お父様が今回は特別に選りすぐりの騎士を付けてくださいましたが……心配です。

「姫様、襲撃者の数が多いようですので、私も外で戦いに参加してきます。姫は馬車の中でお待ちください」

わたくしはあまり目が良くないので、状況がさっぱり分かりません……。

「エリカ、何人くらい敵はいるのです?」

「パッと見たかぎりでは30名ぐらいですが、馬車の死角にもいるとしたらもっと多いかもです……。あっ！　回復担当の者が弓矢と魔法の集中攻撃を受けています！　私も加勢に行きます！」

「分かりました！　気を付けるのですよ！」

侍女のエリカが戦闘に加わるとは余程の状況なのでしょう――

エリカが戦闘に参加してから15分ほど経ったでしょうか……そのエリカからやっと馬車の中に声がかかりました。

「姫様、もう大丈夫です！　騎竜に乗った方が加勢に入ってくれました！」

「エリカ、無事で何よりです！　怪我はしていませんか？」

「肩に投げナイフを受けましたが、回復剤で治っていますのでだいじょうぶです。それより、騎竜の加勢ですよ！　騎竜の戦闘はやはり凄いですね！」

「こんな所に騎竜ですか？」

「はい。加勢は2名だけなのですが、彼らは弓使いと魔法使いを真っ先に屠り、戦況が一気にこちらの優位になりました。ヴォルグ王国の竜騎士が装着しているプレートメイルを付けた方がいますので、おそらくヴォルグ王国の竜騎士だと思います。もう1人は先日国王様が仰っていた、公爵家へ婿に入る予定のルーク殿下ではないでしょうか？」

「まぁ！　殿下自ら加勢してくださったのですか？」

「断言はできませんが……まだ残党が残っていますので、戦闘が終えたらお声をおかけします」

＊　＊　＊

あれから少し時が経ち、どうやら盗賊たちが投降したようで、戦闘は終わったようです。

馬車の外から聞こえてくる会話から、わたくしたちを助けてくださった方は、お二人ともヴォルグ王国の王子のようですね。大人数の盗賊相手に怯むことなく加勢くださるとは、とても勇敢な王子様たちのようですわ。

「それより兄様、どうやら俺は騎士に向かないようです……人を殺めた事で手足がガクブルで立っているのもきつい状態です……。吐き気や動悸もして今にも倒れそうです……」

「そうか……でも安心しろ……それが普通なんだ。俺もそうお前と変わらない……見ろ」

お二人の会話から、人を殺めたのが初めてなのだと分かります……。わたくしたちの為に大変申し訳ない事です。お二人には感謝してもしきれないですわ。

「姫様、やはりジェイル殿下とルーク殿下でした」

「はい、聞こえていました」

エリカに手を引かれ、御二方の前に赴き、挨拶とお礼を言っていたら、突然エリカが倒れてしまいました。

わたくしは侍女であり、幼馴染で親友でもあるエリカが倒れた事で、軽いパニックになってしまいましたが、ルーク様は冷静に傷口が見たいと言い、『矢毒ガエルの毒』に侵されていると診断したのです。ルーク様は回復魔法だけではなく、鑑定魔法までお持ちのようです。

それだけではなく、彼は大量の上級回復剤と上級解毒剤まで所持していて、「こういう暗殺とかの可能性のある王家の人間は、自分でしっかり自衛のために各種回復剤は所持していないといけないと思うんだよね……。姫様自身が所持していないとか、実に平和な国なんでしょうね」とごもっともな指摘までしてくださいました。一級審問官の資格を持つわたくしに、こういう事を言ってくださる方は、エリカや両親くらいのものでしたので凄く新鮮です。

皆の解毒が終わったころに、『カン！』という盾で矢を弾いた甲高い金属音がしてルーク様が急に大きな声で叫びました。

「姫を馬車の中に！　まだ敵がいるみたいです！」

まだ隠れていた盗賊がいたようで、わたくしはまたルーク様に救われたようです。

「チッ！　今からじゃ、追っても追い付けない！」

どうやら馬に乗って逃げたようで、騎士隊長が口惜しげに叫びました。

「姫様、ルーク様は弓で逃げた賊を弓で射るようです。でも既に１５０ｍも離れています……」

「そうですか……残念ですが、逃げられてしまいそうですわね」

「あっ！　足に命中！　２本目撃ちます……賊の背中に命中！　続けて３本目……馬のお尻に命中して馬が暴れて賊が落馬！　凄い！　全部当たりました！」

目の悪いわたくしに、エリカが興奮気味に起こっている事を教えてくれました。周りの騎士たちも口を揃えて「凄い！」と言っているのでとても凄い事なのでしょう。

「バルス！　あいつ捕まえてきて！　殺しちゃダメだよ！　奴は毒を使うから、ちょっとなら毒を使えないように先に痛めつけていいからね」

「クルル～！」

ルーク様がドレイクに指示を出すと、とても嬉しそうな声を出してあっという間に賊を捕らえてきました。気性の荒いドレイクが、ルーク様にとても懐いているようです。

「ルーク！　お前バルスをこうやって餌付けしていたな！　俺よりお前に懐いているじゃないか！」

おや？　どうやらこのドレイクはジェイル様の騎竜のようですね……ルーク様にあまりにも懐いているので、ルーク様の騎竜かと思ってしまいましたわ。

一息ついた頃に、騎士の1人が捕縛中の盗賊に切りかかったようで、それをルーク様がお止になったようです。騎士の気持ちも分かりますが、拘束中の者を切り殺すのは感心できませんね。

ですが、ルーク様は違う理由で止めたみたいです。それどころか、その騎士をジェイル様が拘束してしまいました……何故？。

「この国ではどうなのか知りませんが、公務とはいえ、普通は王族の行動は危険回避のためあまり公に開示されていません。誰かが手引きしないと待ち伏せはできないのです」

確かにそうですね……さらに続けてルーク様はこう言います。

「そしてこの騎士は盗賊の中で唯一毒を使っていた、この手練れの者を真っ先に殺そうとしました。口封じのために殺そうとしたのではないかと疑っています。まともな騎士なら普通は殺さず、先に尋問をしますからね。連れ帰って拷問させないための口封じです」

そう言われれば、その通りです！　ルーク様はとても聡明なお方のようですね。

「理由は納得できました……こんな罪人と同じ扱いを受けるなんて……」

ルーク様に指摘された騎士は、泣きながらそう呟きました。同僚を殺した者たちの仲間扱いされたのでは悔しいでしょうね……ここはわたくしの出番かしら。

「あなたはこの者たちの仲間ですか？」

「いいえ！　神に誓って違います！」

「そうですか！　良かったですわ！　すぐにこの騎士の開放をお願いします。この者は盗賊の仲間ではありません」

良かった！　彼は属の仲間ではないようです。

おや？　殿下たちから可哀想な者を見るような気配がしますわ……わたくし、そういうのには敏感ですのよ……お二人には一級審問官の資格書を見せて納得してもらいましょう。


賊の尋問を始めて間もなく、ジェイル様の話から察するに、ルーク様が拘束中の者をいきなり刺し殺したようです……これまでの彼の行動から考えると、そうしなければならなかった理由があるはずです。

ルーク様の実演で分かったのは、簡単に【魔封じの腕輪】の鍵が外せるという事実です。死んだ賊の周りには、危険な毒が塗られた暗器などがたくさん散らばっていたそうです……わたくしはまたルーク様に救われたのです。今日だけで3度もです。本当に凄いお方ですわ。

＊　＊　＊

ガイル叔父様の救援部隊が到着した時、公爵家の騎士たちがルーク様に失礼な態度を取ってしまいましたが、ルーク様は「謝意のない詫びより、その理由が知りたい」ときっぱり言い切りました。騎士たちの威圧に一切動じることもなく、凄くカッコイイと思います。

でも、婚約者の名前すら知らないのでは、騎士たちが怒るのも仕方がないのではと思ってしまいましたが……。

「姫様……ルーク様に、この馬車に乗ってもらってはどうでしょうか？」

エリカが殿方を同じ馬車に誘うなんて、初めてではないでしょうか。エリカは普通の侍女とは違い、戦闘もできる特別優秀な戦闘侍女です。身の回りのお世話は当然として、悪い虫が付かないように、アポなしの男性の排除も仕事の1つになっているのですが……どうやらエリカは彼に興味があるようですね。わたくしもちょっと興味がありますし、お誘いしてみようかな……。


ルーク様はとても楽しいお方です！

エリカもいつもと違い、積極的に会話に参加して楽しそうです。

うふふ、なんですか、あのもの悲しいうたは……よほどこの婿入りが嫌なのか、自分を売られる仔牛に見立てて寂しげに歌っていたのです。ほとんどの方は、わたくしと面と向かうと嘘を言わないようにと黙してしまうのですが、彼はそんな事もないようです。

「嘘を見破ってしまうわたくしなど、煙たがって貰ってくれないでしょうね……」

つい結婚話が出た際に、ルーク様に愚痴ってしまいました……。

「そうかな？　嘘さえ吐かなきゃ良い訳だし……姫ぐらい可愛かったら、それを差し引いても十分魅力的だと思いますけどね」

わたくしが可愛い？　魅力的？

「ルーク様、それは本当でございますか!?」

つい聞いてしまいました。

「はい。姫はとっても可愛いですよ」

「嘘じゃないですわ！　わ、わたくし、嬉しいです♪」

嘘やお世辞でない事が分かると、嬉しくて顔が真っ赤になってしまいました。

＊　＊　＊

ガイル叔父様の御屋敷に到着したのですが、わたくしは賊の尋問のお仕事があるようです。

叔父様はララとアンナとルーク様の３人だけをこの客室に残すようですわね……。初対面でいきなり３人だけというのが気まずいのはお分りでしょうに……伯父様の真意は分かりませんが、なにか意図がありそうです。わたくしはエリカにある命令をして、ここに残すことにしました。

尋問が終わった頃に、叔父様にメールが届いたのですが、それを見た叔父様が鬼のような形相になっています。いったい何があったのでしょうか？

「ルーク殿が、妻の寝室に押し掛けたそうだ……」

「エッ！　あいつ！　もう問題を起こしやがった！　愚弟が申し訳ありません！」

わたくしたちは急いで寝室に向かったのですが、そこには凄く元気になったサーシャ叔母様がベッドに腰掛けて笑っていました。なんと、教皇様でも治らなかった病をルーク様が改善したとの事でした……このお方はどこまで凄いのでしょう。人の噂なんて本当に当てになりませんわ。

今、伯母様を夕食に誘ってルーク様が作った手料理を振舞ってくださっているのですが、宮廷料理人が作ってくれるものより美味しいと思ってしまいました。横でエリカも食べたそうにしていたのがちょっと可哀想です。

ララやアンナがサーシャ叔母様に久しぶりに会えてとても嬉しそうにしています。

「ララがお礼にルークお兄様にピアノを弾いてあげる！」

ララちゃんの提案で始まった演奏会ですが、ここでもルーク様はわたくしを驚かせてくれました。涙が出るほど素晴らしい演奏でした……どうしましょう……なんだか胸がドキドキします。

＊　＊　＊

その日の夜——

「エリカ、わたくしが尋問でいない間はどんな感じでしたか？」

「最初は気まずかったのですが、ルーク様凄いです！　夕食の時もそうですが、あの人見知りの激しいララ様が、すっかり懐いてしまったのですよ！」

わたくしがエリカにした命令は【クリスタルプレート】の機能を使って3人の様子を動画に記録する事。エリカはわたくしの目でもあるのです。実は弱視のわたくしでも、記録した動画をメール機能で添付して送ってもらえれば、直接視認しなくても【クリスタルプレート】を網膜上に映し出す事ができるので、鮮明な映像で見る事が可能なのです。

ルーク様の紙で折ったワイバーンの演出は幻想的で素晴らしいものでした。

お昼の戦闘もエリカは記録していたようで、それも見せて頂きました。ルーク様もジェイル様も、勇猛果敢に戦われていました。

＊　＊　＊

わたくしたちだけ先に馬車で王都に帰る事になったのですが、公爵領から遠ざかるにつれて胸が苦しくなります。わたくしは一体どうしたのでしょう……。

「エリカ……わたくし、なんだか胸がキュッとなって苦しいのです……」

「ずっと姫様を見ていたのですが、それはルーク様も関係していませんか？」

「ルーク様ですか？」

「イリスさんが専属侍女に付く事になった時とかどうでしたか？」

「あっ……また胸がキュッとしました……」

「姫様はルーク様に恋をしたのではないでしょうか？」

馬車の中でエリカにそう言われた瞬間、わたくしは理解しました……これが恋なんだと……。

わたくしは学園に通っている間、ルーク様の側にずっと一緒に居られるイリスさんに嫉妬していたようです。ですが、彼はエミリアの婚約者……それを思うとまた苦しくなってしまいました。

『ミーファお姉様、少しご相談が……』

王都に到着して数日後、【クリスタルプレート】にエミリアからのコールが鳴って、ある相談を受けたのですが、それはルーク様の事でした……「母親の回復のお礼と挨拶に行かないといけないのに、どうしても行けなかった」そうなのです。エミリアは重度の男性恐怖症です。これではルーク様もエミリアも、どちらも不幸になるでしょう……それならば、お慕いしているわたくしが立候補すれば……。そう考えたらもう歯止めが効かなくなりました……エミリアに許可をもらい、お父様に生まれて初めて我が儘を言ってしまいました。

「ルーク様に恋して、どうしても彼と結婚したいので、騎士学校に編入させてください！」

「だが、彼はすでにエミリアとの婚約が決まっている……」

「では、わたくしは今後誰とも結婚いたしません！」

「そこまで想っているのか……分かった……すぐにお前との婚約と編入の話を進めよう」

とんとん拍子に話が進み、わたくしは数時間後には学園に来ていました。

ルーク様……わたくしを受け入れてくださるかな……。

あの日、馬車の中で可愛いと言ってくださいましたが、凄く不安です……。

本書に対するご意見、ご感想をお寄せください。

あて先

〒162-8540 東京都新宿区東五軒町3-28
双葉社　モンスター文庫編集部
「回復師先生」係／「蓮禾先生」係
もしくは monster@futabasha.co.jp まで

転生先《てんせいさき》が残念王子《ざんねんおうじ》だった件《けん》～今《いま》は腹筋《ふつきん》1回《かい》もできないけど痩《や》せて異世界救《いせかいすく》います～

2020年6月2日　第1刷発行

著　者　回復師《かいふくし》

カバーデザイン　AFTERGLOW

発行者　島野浩二

発行所　株式会社双葉社

〒162-8540　東京都新宿区東五軒町3番28号

[電話] 03-5261-4818（営業）　03-5261-4851（編集）

http://www.futabasha.co.jp/（双葉社の書籍・コミック・ムックが買えます）

印刷・製本所　三晃印刷株式会社

[電話] 03-5261-4822（製作部）

ISBN 978-4-575-24273-7 C0093

Mノベルス

社畜として過労死した男が、異世界の商家の三男・サワディとして転生した。得意としているのは再生魔法と支援魔法。彼はそのチートな性能の魔法を使った新たな商売の種を思いつく。再生魔法で安い奴隷たちを治療して、お金を稼いでもらうことにしたのだ。順調に稼ぎは増えていくが、自業自得で自分の仕事も増えていってしまい……。果たして、サワディは働かずに、のんびり暮らすことができるようになるのか？　ゆるふわファンタジー、ここに開幕！

発行・株式会社　双葉社